裝模作樣 膽小鬼②

鈴木智子◎圖文
常純敏◎譯

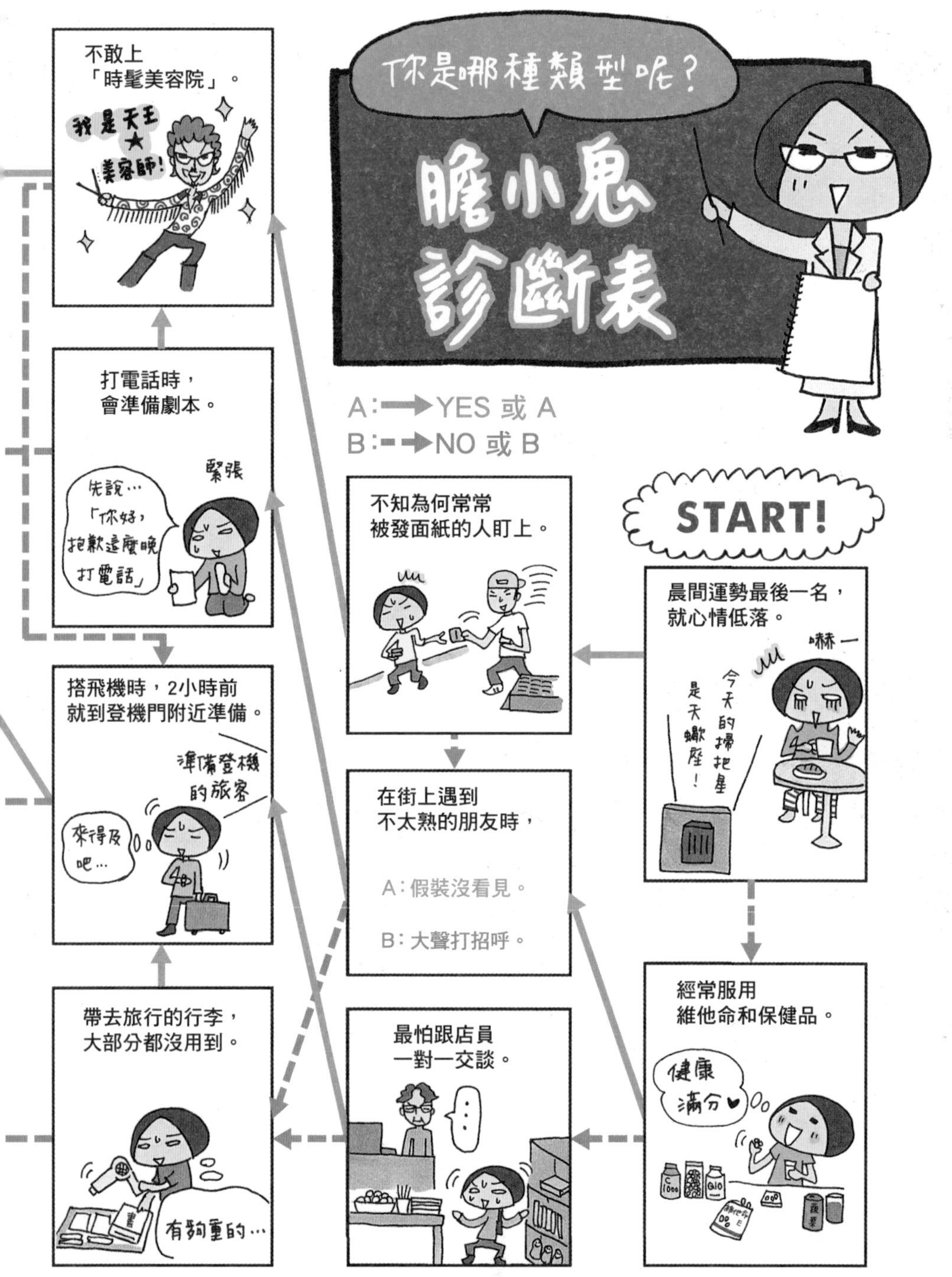
你是哪種類型呢？
膽小鬼診斷表
A：→YES 或 A
B：- - →NO 或 B
START!
晨間運勢最後一名，
就心情低落。
嚇一
今天的掃把星
是天蠍座！
經常服用
維他命和保健品。
健康滿分♥
C 1000
Q10
維他命E
不知為何常常
被發面紙的人盯上。
在街上遇到
不太熟的朋友時，
A：假裝沒看見。
B：大聲打招呼。
最怕跟店員
一對一交談。
…
不敢上
「時髦美容院」。
我是天王★美容師！
打電話時，
會準備劇本。
緊張
先說…
「你好，
抱歉這麼晚
打電話」
搭飛機時，2小時前
就到登機門附近準備。
準備登機的旅客
來得及吧…
帶去旅行的行李，
大部分都沒用到。
書
有夠重的…

A：即使如此，還是努力前往「時髦美容院」。

B：都去比較低調的美容院。

一旦被店員記住長相，

A：下次就不敢光顧。

B：變成熟客真開心。

在外用餐時，

A：按自己的喜好點餐。

B：問別人點什麼再決定。

呃
你決定好了～？點什麼一？

在國外看見麥當勞或熟悉的便利商店，就感到安心。

McDonald's

在國外時，
絕對不敢一個人外出。

Hey you! Wait!
妄想
…啊啊 好可怕…

被卡在自動剪票口時，

A：心浮氣躁。

B：對後面的人感到抱歉。

遲遲沒收到對方的回信，就擔心自己寫了什麼不得體的話。

不斷重讀

進行圖表式測驗時，只要出現不好的結果，就忍不住改變答案重測。

唱卡啦OK時，服務生一進包廂就不敢唱歌。

生啤酒來了。
…
嚕啦

軟弱怯懦膽小鬼？

是否因為考慮太多，
造成反省素材暴增?!
這種低調個性，
可以釋放的
溫柔魅力
肯定比他人
多一倍唷!!

怕～

裝模作樣膽小鬼

雖然內心忐忑不安、
七上八下，有時還是
會憑直覺行動，
大膽妄為！
一邊吐槽
自己，一邊愉
快挑戰每一天
的日子吧。

躲躲藏藏膽小鬼？

雖然既強勢又我行
我素，但有時也不免
提心吊膽嗎?!
這種反差，
反而讓人
覺得可愛唷。

Going My Way型？

不顧周圍目光，
堅持自我路線的
大膽My Way型！
請溫柔看待
世間的
膽小鬼們…

裝模作樣膽小鬼② 目次

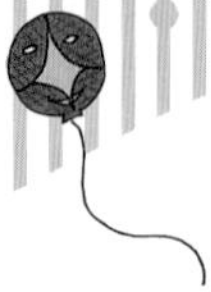

episode 1

膽小鬼的國內旅行

那就決定住這裡囉！
嗯
溫泉指南100
智子不好意思可以請妳訂旅館嗎？
因為我要訂車票
咦
為什麼要我打電話給陌生人？
或許有人會說只不過是打電話沒什麼大不了的嘛
心跳加速
咔恰 富士屋旅館您好
呃—喂 17號星期五… 那個兩位… 兩個女生要訂房
準備好的劇本
可是我這個膽小鬼
一點芝麻小事就會感到心神不寧 預料之外的發展更教我提心吊膽
不好意思 17號那天只有別館有空房…
別… 別館
啊…好的 那麼我們就訂別館路線
自行把房間改成路線
每天都是忐忑不安的連續劇

「別館」…
「別館」莫非是詐騙?!
MY Image
華麗的本館
多餘客人專用別館
破舊
輕煙裊裊～
如果環境很差就是我的責任…抱著這種不安迎接出發當日
總覺得這種座位的電車很有「旅行」的氣氛耶～
咦…啊…嗯
加奈，其實…
距發車還有一段時間我們去買便當吧
呃…我不用了加奈妳去吧
對不起…我們是別館組的…
啊—我也餓了
可是加奈怎麼還不回來只剩三分鐘就要發車了～
這也是不敢去買火車便當的理由
鬼鬼祟祟
久等了～我也有買智子的份唷—
謝謝！不過…快上車！車門要關啦
輕鬆
緊張

咔嗒轟隆 咔嗒轟隆
Z—Z—Z
緊張過度昏睡中
不好意思
請出示車票
好啊——
智子!
車票 車票
唔…?
咦…
怪了
我明明
放在
口袋裡…
窸窸窣窣
窸窸窣窣
沒有?!
為什麼…?!
掉了?!
莫非是
我睡著的時候
被偷走了?!
東張
西望
結果 花了30秒
才想起為了在驗票時
不必慌慌張張找車票
我特地把車票夾在
手裡的書本內頁
這個
溫泉指南
100
溫泉站
終於到囉~
嗶~空氣好清新~

膽小鬼
在觀光地常常發生的情況
土產店
紅豆大福
800円
名產!
黑豆麻糬
趁現在先買起來比較好吧—
說不定以後都看不到了…
大多是隨處可見的東西
太快了啦!
情況①
剛抵達
就開始買土產
上次收到山田小姐的土產必須回送才行…
公司的人要給多少呢?
山菜餅乾
超人氣!餅乾
藍莓糖
情況②
無法決定
該送土產給誰
風景明信片
風景明信片!寄一張給健君吧~
情況③
非常嚮往
「在旅行當地寄風景明信片」
卻一直不敢問對方的住址
反正都寫好了~
沒辦法就寄給加奈囉
啥!
其他地方買不到的伴手禮唷~
最近超夯的!
很可愛吧!
喏!妳和妳朋友各買一個唄
……那就這個
快走啦!
民藝專櫃
買了一定會後悔的東西
情況④
對店員的強烈攻勢很沒轍

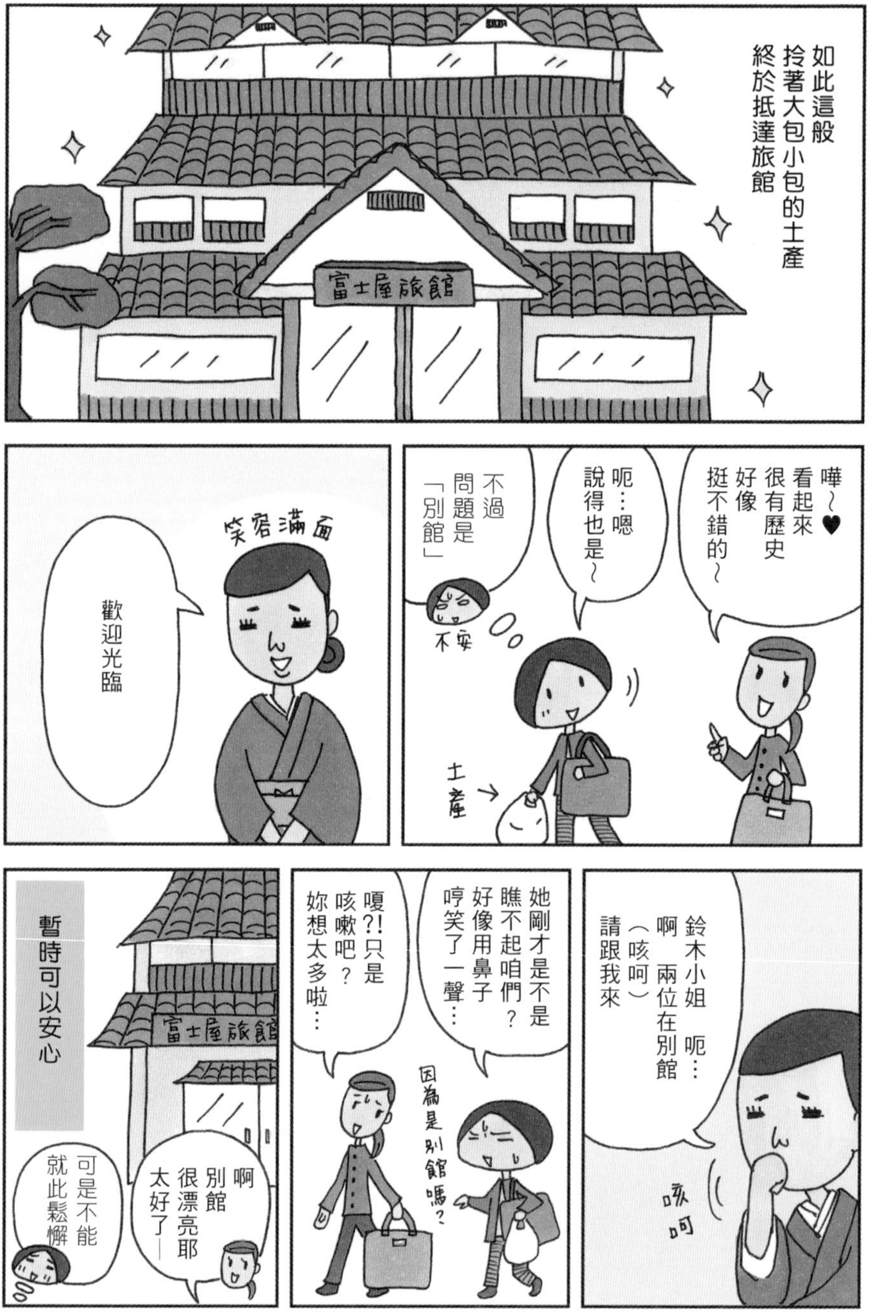
如此這般
拎著大包小包的土產
終於抵達旅館
富士屋旅館
嘩～♥
看起來很有歷史
好像挺不錯的～
呃…嗯
說得也是～
不過
問題是「別館」
不安
土產
笑容滿面
歡迎光臨
鈴木小姐 呃…
啊 兩位在別館
（咳呵）
請跟我來
咳呵
她剛才是不是
瞧不起咱們？
好像用鼻子
哼笑了一聲…
嗄?!只是
咳嗽吧？
妳想太多啦…
因為是別館嗎？
暫時可以安心
富士屋旅館
啊
別館
很漂亮耶
太好了—
可是不能
就此鬆懈

正式檢查是在進房間之後！
檢查①
房間的衣櫥、櫃子、抽屜等全部打開確認
好 沒有任何奇怪的東西！
BAD Case!
電視櫃裡為什麼有殺蟲劑?!
檢查②
為防萬一室外也要確認
好 風景很美！
BAD Case!
外面道路一覽無遺！被偷窺怎麼辦?!
檢查③
確認牆壁和天花板是否清潔
很乾淨 感覺不錯
BAD Case!
…那個汙漬是血嗎…？
而且看起來好像人臉…

膽小鬼的迷你漫畫

旅行的時候
我說呀—
真想按自己的步調悠閒自在地逛逛—
明明想要放鬆身心去旅行
忘卻時間的存在~♥
咦—
烏龍麵快賣光了耶~
又因為覺得機會難得
快點！一定要吃到烏龍麵！
結果還是手忙腳亂

吃飯前要不要去泡湯？
我一直很期待這裡的露天溫泉耶～
嗯 走吧 走吧
BOOK
露天溫泉
我現在 和朋友兩人一起來到溫泉旅館
我這個膽小鬼
一定要是「兩人包場狀態」!!
希望不必在意旁人可以暢快泡湯！
一點芝麻小事就會感到心神不寧 預料之外的發展更教我提心吊膽
溫泉功效
空無一人
耶
成功！
明明是來溫泉放鬆心情的
因為時間還早 所以好像 都沒人耶——
內心鬆一口氣
哈——♥
極樂～
還是有很多忐忑不安的事情

咦？
喏喏 那個雕像是不是很怪？
那是啥
唔～大概是為了營造氣氛吧？
呃——是什麼氣氛?! 完全看不出來說——
異國風情？
啊……！莫非……
相機
天線
偷拍!!
偷拍 大放送耶～
嘿嘿嘿嘿嘿
有這個雕像就不怕露餡囉！
哇哈哈
←妄想達人
黑社會…黑市交易…

搞什麼 原來只是石頭… 別嚇唬人嘛
無言
呼
?
呵 放鬆心情 好好享受 泡湯時光唄—
哎呀～好棒的溫泉
對呀～
唉—真過分捏
就說嘛—那個太太真是的
我說妳呀—不對是她啦～
太太!
哎呀真討厭 水是不是不夠熱?
現在流行比較酷啦!
我最近迷上喝豆漿耶—
我的放鬆時光
唧 唧
呱 呱
……
…差不多泡夠了吧?
…嗯
明天早上再來泡吧
小小的復仇
浴衣可以提升泡湯氣氛呢~
咦?! 我的浴衣是不是穿反了?! 左邊在外?! 還是右邊?
是哪邊咧…
呃…嗯
無法舉止優雅 總是讓人心浮氣躁

晚餐聽說是在「霧之室」～
霧之室
就是咩～所以我不是說了～
我去上個廁所
這個是不是太甜了？
要不要喝啤酒？
嘰嘰
討厭啦
吃這麼多一定會發胖啦！
嘰嘰
喳喳
喳喳
鈴木小姐
・・・

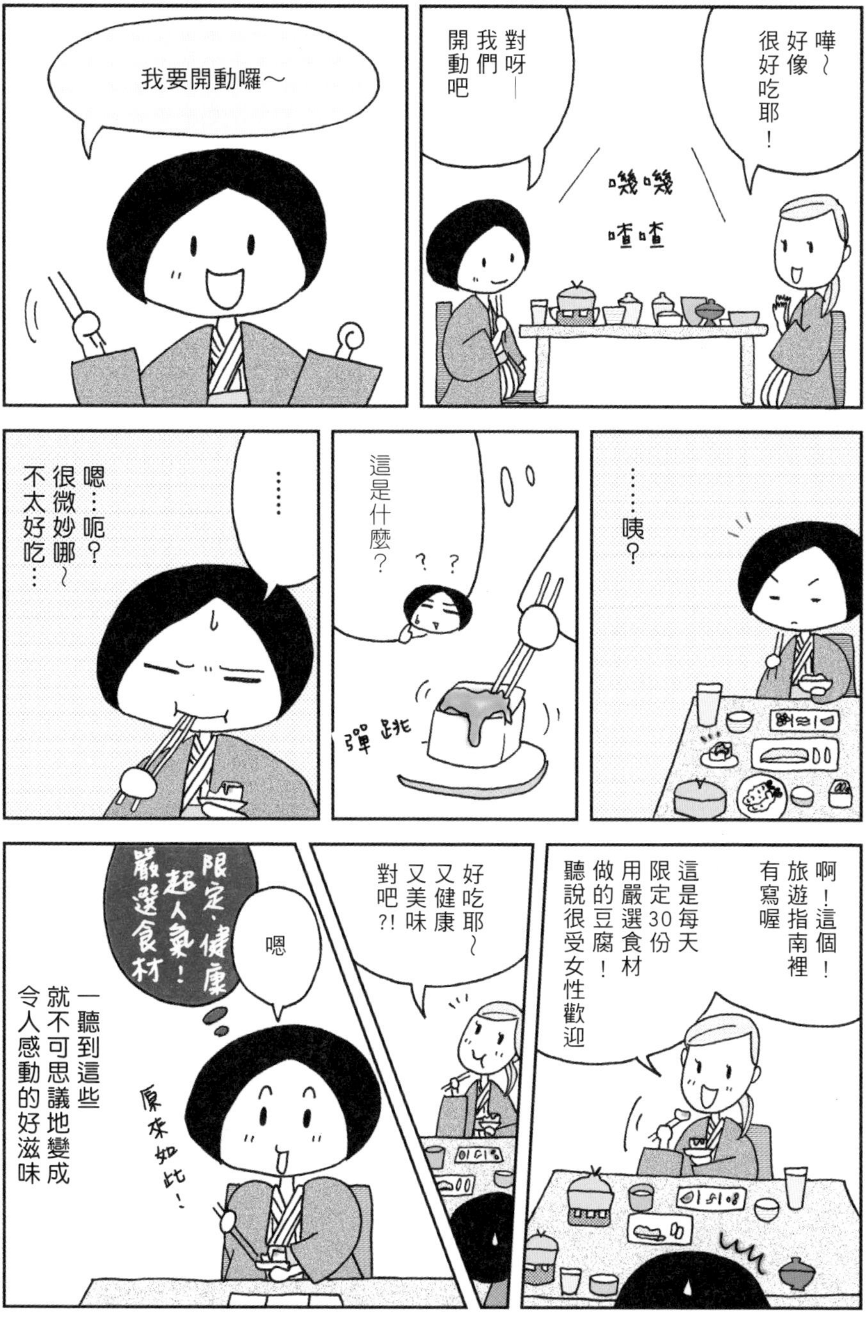
嘩～好像很好吃耶！
對呀——我們開動吧
嘰嘰 喳喳
我要開動囉～
……咦？
這是什麼？
？？
彈跳
……
嗯…呃？很微妙哪～不太好吃…
啊！這個！旅遊指南裡有寫喔
這是每天限定30份用嚴選食材做的豆腐！聽說很受女性歡迎
好吃耶～又健康又美味對吧?!
嗯
限定、健康 超人氣！ 嚴選食材
原來如此！
一聽到這些就不可思議地變成令人感動的好滋味

隔天早上
啾 啾
乙乙
…唔?
幾點?
旅行必需品
MY鬧鐘
啥?!
已經8點了?!
我的早上泡湯復仇大作戰…
是誰把鬧鐘按掉的~?!
自己
啊 智子!
妳起床啦?
熱氣
騰騰
清爽飄逸
剛泡完湯
閃亮
呃…啊啊…
嗯 剛起來
妳…去泡湯了嗎?
髒兮兮
浴衣為什麼鬆成這樣…?
亂糟糟
嗯 很安靜 好舒服呢~
智子睡得很熟所以我一個人去了
對不起捏
覺得自己很悲慘…

溫泉站
啊—好快樂～真捨不得回去呢—
對呀對呀
我去逛一下土產店
咦?!再5分鐘就發車了耶
所以說昨天就該先買的嘛…
沒問題！我很快就回來
妳先去吧！
嗯…那我先去占位子
一個人占兩人份的座位
需要相當勇氣
誰都別過來！
心跳加速
趕上囉♥
鈴鈴鈴～鈴鈴鈴～
啊啊太好了～
小題大作→
啊～旅行終於要結束了嗎
往東京
電車要開囉
咦?!
咔嗒轟隆
我厚著臉皮占下的位子竟是回程路線的反方向…

對於他人的要求，

可以很快允諾。

一旦輪到自己，

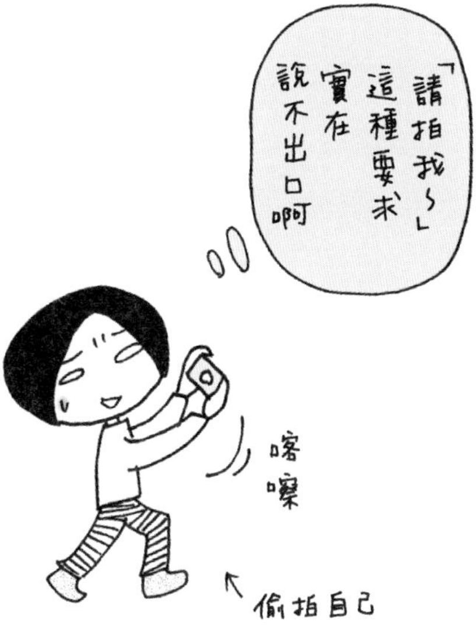

「請拍我～」這種要求實在說不出口啊
喀嚓
偷拍自己

就形跡可疑。

膽小鬼的
裝模作樣格言
膽小鬼，
需要一點時間
才能把心情化為語言
←
是故，可以充分檢視
自己的心情！

episode 2

膽小鬼，挑戰做菜！

今天決定煎漢堡肉
呃— 洋蔥1顆 雞蛋1個和 麵包粉
還要買…
漢堡肉採購單 絞肉200g 洋蔥1 肉豆蔻1 雞蛋1 麵包粉1
¥100
SALE!
接著是 絞肉200g！
順利！
SALE
特價!!
絞肉家庭包本日限定好康！
我想買200g 可是沒有賣200g的 買500g好嗎？ 反正比較便宜 而且分量也夠用…
認定預料之外的發展是上天給自己的考驗 總是想太多
嗯～～
沒辦法 就買500g吧
而且是「好康」
—再來是「肉豆蔻」…
香料
胡椒
肉豆蔻
肉桂
咦 賣完了…？
怎、怎麼會這樣… 沒有肉豆蔻 我的煎漢堡肉計畫 就…
東張
西望

昨天晚上——
料理東西軍
漢堡肉對決！
看起來真好吃
「明天晚上煎漢堡肉計畫」決定！
接著就一直沉浸在漢堡肉氛圍中
還是跟店員確認一下好了
開口詢問店員讓人緊張不已
對…
對不起
靜悄悄
…
咦？為什麼？我的聲音太小了嗎？啊…可是她看起來很忙打斷她好像也不好～嗯！算了
合理化不再詢問對方的理由
結果 特地跑到其他超市買肉荳蔻
其他超市
啊有了！
這樣就能煎出美味的漢堡肉了
小題大作
因為是膽小鬼不忠於食譜就會感到不安…

開始做菜前
把食譜帶去廚房放好
（必須）
今天是「洋食BOOK」
食譜倒是多得很
COOKING
健太郎的料
飯人餐點
美味蛋糕
和食的基
栗本小姐的
10分鐘簡單
義大利麵的全
洋食BOOK
順道一提
也有根本沒用過的食譜…
想替心上人親手做的COOKING
準備完成後就開始做菜！
洋蔥好可怕
什麼是「狐色」？
呃— 接著是
洋食BOOK
捏 捏
鹽、胡椒少許…
洋食BOOK
總是對「少許」感到迷惑
到底是多少？
太少？
再撒一把
失敗的原因
嗯— 然後是牛奶！
啊 賞味期限超過3天了！
牛奶
唔～
要是發生什麼就不妙了 還是丟掉吧～ 吃壞肚子就糟了！！
怯懦小姐
VS.
沒關係沒關係！只用一點而已 死不了人的啦！不過是味道差一點嘛！太浪費了
強勢小姐

強勢小姐勝利！
哎 也可以把它想成優格嘛…
大錯特錯
——於是 從這個階段開始 情緒越來越激昂
啊——！ 就是這個！ 這就是漢堡肉的感覺
捏出外形
拍掉空氣
啪—
啪—
來捏個心形的吧~
到完成為止——
我必須吃掉這麼多嗎…
暫時忘卻「只有一個人吃」的事實
擺
擠
煎漢堡肉時「我正在做菜」的感覺也讓情緒更高昂
滋 滋
感覺很不錯耶~ 這樣子給男朋友吃應該也沒問題吧♥
※從國中開始就一直擺脫不了「料理」＝「愛情」這個方程式
妄想高手

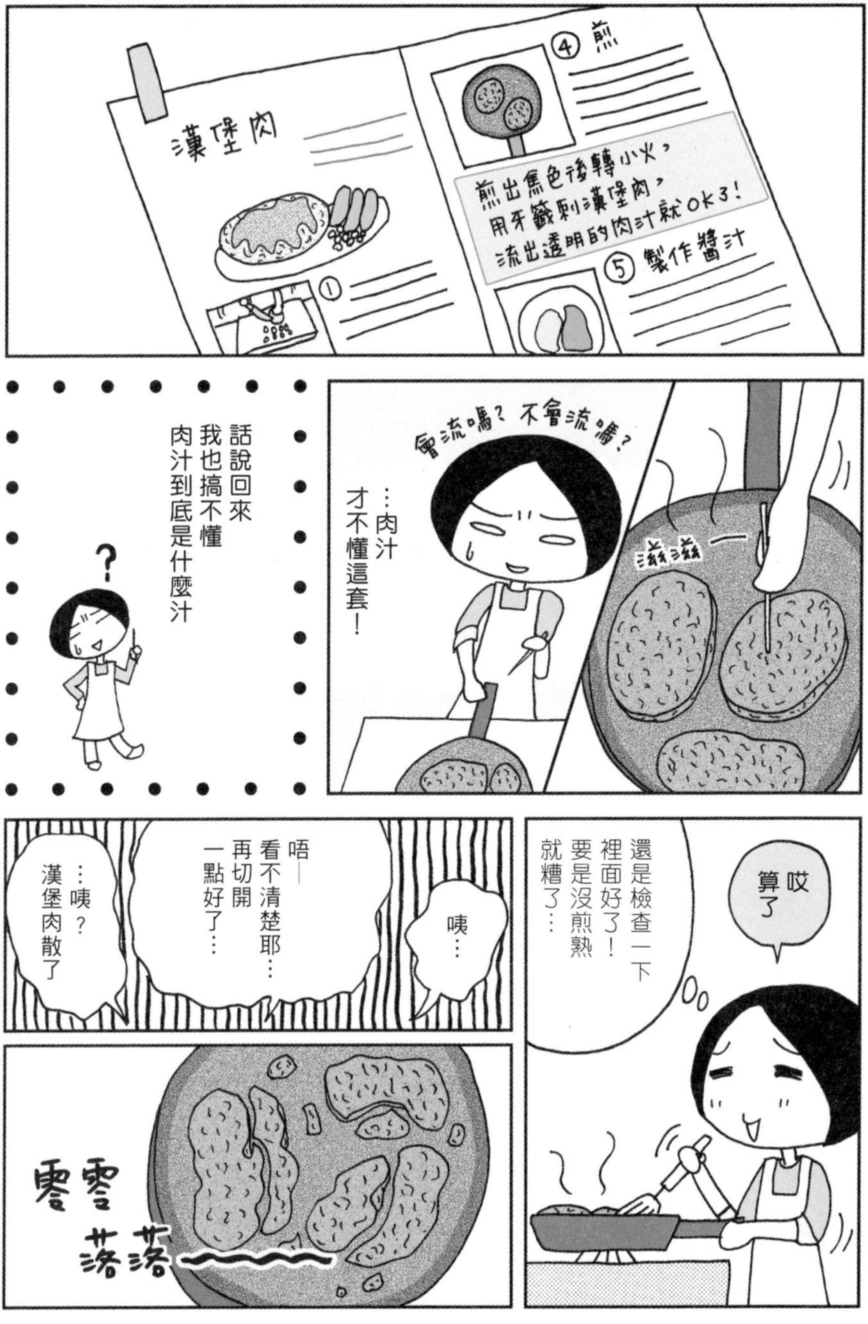
漢堡肉
④ 煎
煎出焦色後轉小火，用牙籤刺漢堡肉，流出透明的肉汁就OK了!
⑤ 製作醬汁
①
會流嗎？不會流嗎？
滋滋—
…肉汁才不懂這套！
話說回來我也搞不懂肉汁到底是什麼汁
？
哎算了
還是檢查一下裡面好了！要是沒煎熟就糟了…
咦…
唔—看不清楚耶…再切開一點好了…
…咦？漢堡肉散了
零零落落———

…變得好醜喔
唉 不過料理是「味道重於外觀」沒關係啦！
而且是自己一個人吃
來做醬汁唄
← 心情轉換超快
啊 沒有梅林辣醬油！
…這種時候就用現有材料代替！
辣一點比較好
蠔油
豆瓣醬
多加一點
嘗試食譜上沒寫的步驟因而有些興奮
滋
終於完成（3人份）
過度熱衷於漢堡肉忘了做其他配菜…
難得自己下廚結果做出餐廳絕對吃不到的味道

如果發現不同做法，

就感到非常傷腦筋。

廣	告	回	郵
北區郵政管理局登			
記證北台字1764號			
免	貼	郵	票

TO： 大田出版有限公司　**編輯部收**

地址：台北市106羅斯福路二段95號4樓之3
電話：（02）23696315-6　傳真：（02）23691275
E-mail：titan3@ms22.hinet.net

From： 地址：

姓名：

大田精美小禮物等著你！

只要在回函卡背面留下正確的姓名、E-mail和聯絡地址，

並寄回大田出版社，

你有機會得到大田精美的小禮物！

得獎名單每雙月10日，

將公布於大田出版「編輯病」部落格，

請密切注意！

大田編輯病部落格：http://titan3.pixnet.net/blog/

智　慧　與　美　麗　的　許　諾　之　地

閱讀是享樂的原貌，閱讀是隨時隨地可以展開的精神冒險。

因爲你發現了這本書，所以你閱讀了。我們相信你，肯定有許多想法、感受！

讀　者　回　函

你可能是各種年齡、各種職業、各種學校、各種收入的代表，

這些社會身分雖然不重要，但是，我們希望在下一本書中也能找到你。

名字／＿＿＿＿＿＿＿＿ **性別／**□女 □男　　**出生／**＿＿＿年＿＿＿月＿＿＿日

教育程度／＿＿＿＿＿＿＿＿＿＿

職業： □ 學生　□ 教師　□ 內勤職員　□ 家庭主婦
□ SOHO族　□ 企業主管　□ 服務業　□ 製造業
□ 醫藥護理　□ 軍警　□ 資訊業　□ 銷售業務
□ 其他＿＿＿＿＿＿＿＿＿＿

E-mail／＿＿＿＿＿＿＿＿＿＿＿＿＿＿＿ **電話／**＿＿＿＿＿＿＿＿＿＿＿＿＿＿＿

聯絡地址：＿＿＿＿＿＿＿＿＿＿＿＿＿＿＿＿＿＿＿＿＿＿＿＿＿＿＿＿＿＿

你如何發現這本書的？　　　　**書名：**

□書店閒逛時＿＿＿＿書店 □不小心在網路書站看到（哪一家網路書店）＿＿＿＿＿＿＿

□朋友的男朋友（女朋友）灑狗血推薦 □大田電子報或網站＿＿＿＿＿＿＿＿＿＿＿＿

□部落格版主推薦＿＿＿＿＿＿＿＿＿＿＿＿＿＿＿＿＿＿＿＿＿＿＿＿＿＿＿＿＿＿

□其他各種可能 ，是編輯沒想到的＿＿＿＿＿＿＿＿＿＿＿＿＿＿＿＿＿＿＿＿＿＿＿

你或許常常愛上新的咖啡廣告、新的偶像明星、新的衣服、新的香水……

但是，你怎麼愛上一本新書的？

□我覺得還滿便宜的啦！ □我被內容感 □我對本書作者的作品有蒐集癖

□我最喜歡有贈品的書 □老實講「貴出版社」的整體包裝還滿 High 的 □以上皆非 □可能還有其他說法，請告訴我們你的說法

＿＿＿＿＿＿＿＿＿＿＿＿＿＿＿＿＿＿＿＿＿＿＿＿＿＿＿＿＿＿＿＿＿＿＿＿＿＿

你一定有不同凡響的閱讀嗜好，請告訴我們：

□ 哲學　□ 心理學　□ 宗教　□ 自然生態　□ 流行趨勢　□ 醫療保健
□ 財經企管　□ 史地　□ 傳記　□ 文學　□ 散文　□ 原住民
□ 小說　□ 親子叢書　□ 休閒旅遊□ 其他＿＿＿＿＿＿＿＿＿＿＿＿＿＿

一切的對談，都希望能夠彼此了解。

請說出對本書的其他意見：

大田出版有限公司編輯部 感謝您！

為了讓自己安心，

①選擇多的那個，或是②選擇兩者的平均值。

膽小鬼的裝模作樣格言

膽小鬼容易被周圍資訊迷惑。

←

是故，可以發現各種不同的道路！

episode 3

膽小鬼見老朋友

應該就在這附近呀…
義大利麵之家
凡賽斯
0-0-0
走過頭了嗎？
忐忑不安
高中同學寄來的
邀約簡訊
6點在「月森林」集合 是大樓5樓唷，等會見！
主選單
返回
波力尖大樓
6F 阿信酒吧
5F 月森林
4F
3F
2F
1F
有了
初次造訪的店名和大樓名要反覆確認5次
6F
5F 月森林
4F
3F
2F
1F
再三確認
「月森林」大樓5樓等會見！
好 這樣就不會錯了 總算趕上啦～
呼
初次搭乘的電梯不知為何總有些緊張
嘻
大家都好嗎…
可疑
不想被久別重逢的朋友說成這樣 因此認真檢查笑容中
咦？智子看起來很疲倦耶

歡迎光臨 1位嗎？
嘎？呃…我是1位 到這裡 可是應該有朋友先到了
解釋稍微複雜的情況時 內容總是支離破碎
您有訂位嗎？
可能是……
我想應該是用「淺野」訂的位
轉～停！
猜想輪盤旋轉中！
淺野小姐嗎？請稍待片刻
…
放空中
啊！說不定是用美穗的名字…
停！
轉
不好意思 說不定是
佐佐木……
是淺野小姐嘛 久等了 請跟我來
沒事別讓人白擔心 快一點找到名單嘛…
最後的笑容練習時間
定位的客人來囉
嘻

沒有半個人！
請坐～
是6點沒錯吧…
莫非是早上6點？
坐立不安
絕對不可能
又沒有通知改時間…
怎麼辦～
超慌張…
THE妄想劇場
嘻嘻
那個人被男朋友放鴿子了吧。
是要等到什麼時候呢真可憐～
噗
※既然是4人座根本就沒有人這樣想
這樣下去說不定會被誤認成被拋棄的女人…
嗶嗶嗶嗶
簡訊接收中
主旨 對不起～！
內容
因為工作耽擱，會晚到15分左右！幫我告訴大家唷！
Junko
那個「大家」也沒來啊…
放空中
我不過是按照約定時間抵達…為什麼會這樣…
假裝輕鬆中

智子~好久不見久等了~
抱歉~
美穗！麻里！好久不見~
太好了
妳們一直不來只剩我一個人
差點就被搭訕了呢~
扭轉頹勢的冷笑話
……
美穗妳要坐裡面嗎？
不用啦！這裡就好
咦？智子妳被搭訕了嗎？
再說一次好嗎？
呃…不……
失敗的冷笑話請勿追根究柢
純子呢？
她好像要再晚10分鐘才會到
當幹事居然還遲到
真是一點都沒變耶~
啊哈哈哈~
就說嘛~~

久別重逢最想避免的場面
咦？智子妳好像變圓了耶
體重明明一點都沒變卻讓人產生不好的印象
咦～～我不覺得呀下巴周圍變得比較尖了吧～
會嗎？我覺得應該是變圓了呀—
不要看我…
自己的容貌被他人品頭論足
話說回來～
智子有用過一個叫「苗條秤」之類的減肥產品嘛～
記得挺貴的
……
被挖出早已遺忘的過去

請問要點什麼？
先來三瓶生啤酒
對不起～讓妳們久等了～
純子！好慢唷～我們先點了喔
喏
妳不覺得智子的臉變圓了嗎？
可是下巴的線條好像變尖了耶？
還要繼續扯這個話題嗎…?!
趕快改變話題！
啊！純子妳燙頭髮了吧～這種野性風格很適合妳耶
呃…我沒燙耶這是睡覺壓到的…
糟了!!
拍…拍謝
無論如何久別重逢的聚會十分愉快越來越熱絡

膽小鬼的迷你漫畫

這個這個
我超推薦的唷～
妳吃吃看
……咦？
她喜歡
這種味道啊……
他人推薦的料理
不太好吃的時候
很令人懷念的
味道耶……
考量現場氣氛
說一個
不傷和氣的
評語吧
同義詞
「溫和的味道」
「新奇的味道」
「有趣的味道」

聚餐最困擾的就是——
這些就是全部嗎~?
不夠嗎?
智子妳可以隨便再點一些嗎?
被指派負責點菜的時候
尤其是女性聚餐彷彿是在測試自己的「女性實力」壓力超大
太陽剛的料理又不可愛
骰子牛排
泡菜炒豬肉
整顆大蒜
太孩子氣也不好…
香腸
披薩
太傳統的也不對…
炒花枝
梅肉沙拉
綜合生魚片
現在點飯類太早了嗎…
石鍋拌飯
目標→高水準餐點
那個…
新鮮番茄沙拉拼盤…
瞄
一邊點菜一邊偷偷觀察周圍反應
好耶—
就是這樣耶~成功!
好像很好吃

還有
時蔬沙拉…
完了！
剛才已經
點番茄了
過度意識健康和評價
就容易點到
類似的東西
軟綿綿
醬汁煎蛋捲
耶！扳回一城
啊
我喜歡那個！
還有鮮魚薄片
這樣就好了嗎？
啊
還有
加一份
綜合披薩
還有
熱呼呼
炸起司
再一個
香腸拼盤
呃…那種高熱量菜色
原來也ＯＫ嗎?!
而且
還點不夠嗎——?!
醃螢烏賊
一份
那我還要…
醋漬海髮菜
靜悄悄
…
……
瞬間傳來
「妳點錯囉」的冷空氣

啊！對了對了
有一件超～驚人的事情喔
聽說良子今年要結婚耶～
嗄～真的嗎～?!
反應過度
我一聽見諸如「超驚人的事情」「超爆笑的事情」「超嚇人的事情」這種預告就會倍感壓力覺得必須還以程度相當的反應
噗通 噗通
好厲害唷～！我連八字都還沒一撇～
我連對象都沒有！
真好～
對了智子呢？有沒有男朋友？
我呀～雖然不是男朋友
不過有喜歡的對象感覺還不錯哩—
內心雀躍小語
感覺真的很好唷
嘩～很棒嘛！是怎樣的人？有沒有照片呢？
有是有可是人家不好意思啦～
借來看看嘛～
一下子就好
呦
內心自信小語
借妳們看的話妳們一定會很羨慕我吧？

嗯—那就借一下下
是手機拍的喔
如何呢 我的「健君」♡
洋洋得意妄想中
……
看起來是個好人～
對呀 看起來很溫柔呢～
好像很高嘛
欣賞別人的照片時 重點是要回贈 「好帥氣～」 「好棒！」 之類的話語！ 我想聽的不是 「看起來是個好人」、 「看起來很溫柔」、 「好像很高」這種回答！
膽小鬼的裝模作樣主張！
我的健君沒人氣嗎？
消沉

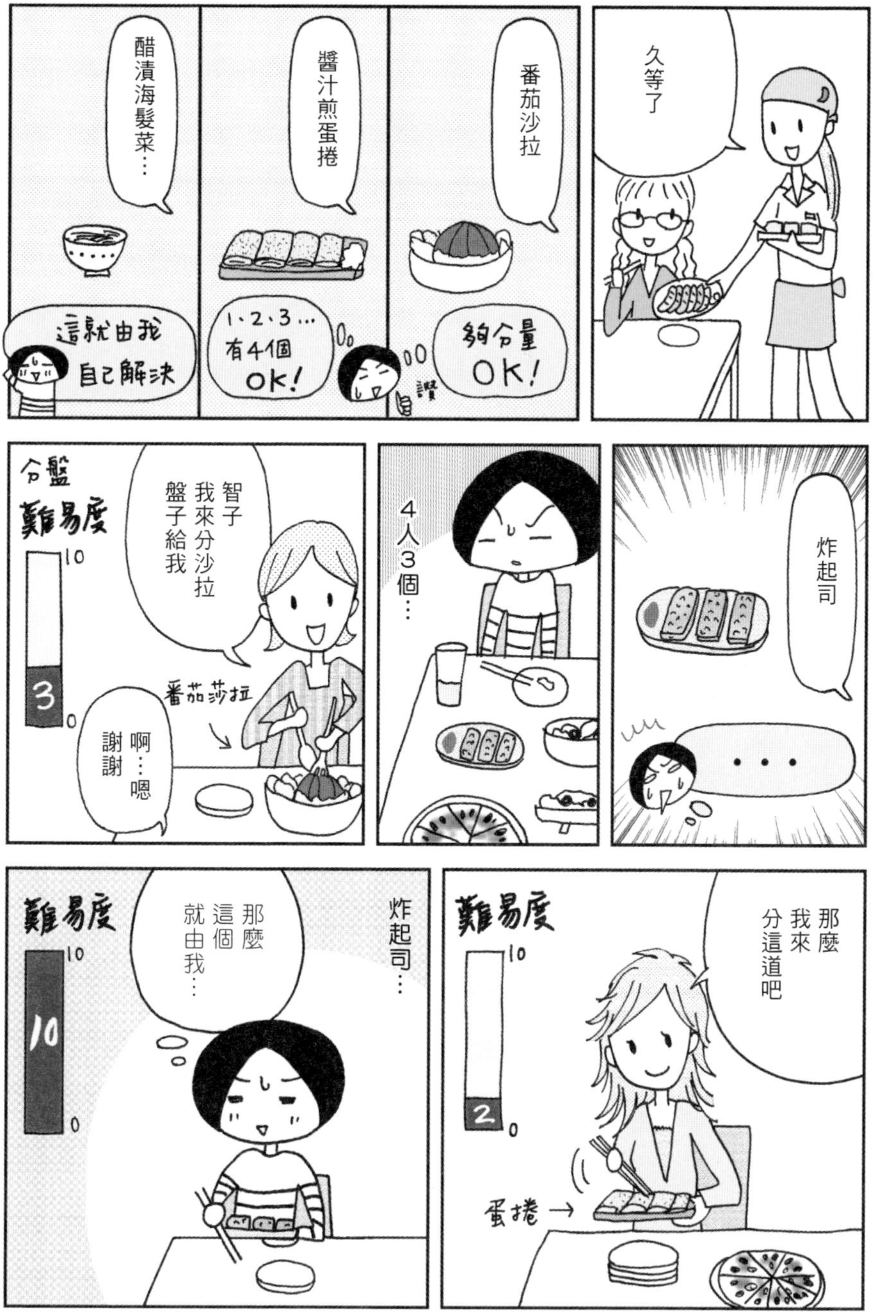
久等了
番茄沙拉
夠分量OK!
讚
醬汁煎蛋捲
1、2、3…有4個OK!
醋漬海髮菜…
這就由我自己解決
炸起司
…
4人3個…
智子 我來分沙拉 盤子給我
啊…嗯 謝謝
番茄莎拉
分盤 難易度
10
3
0
炸起司…
那麼 這個 就由我…
難易度
10
10
0
那麼 我來分這道吧
難易度
10
2
0
蛋捲

因為數量不夠
所以應該對半分吧…
左顧
右盼
喝!
用力夾住
不要緊吧?
表皮整個裂開來了
而且
裡面的起司也出現異狀…
迸裂
迸裂
軟爛
流出
完了!!
六神無主
驚慌失措
算了
吃掉它
假裝…
本來就只有兩個

我的末班車快來了
那麼要不要走了？
嗯
兩個炸起司完整無缺
我那個攻防戰究竟算什麼？
消～沉
一個人瞎忙

那就結帳囉—
總共是1萬8千6百圓
我先付好了
雖然搶著付錢
18600÷4 = 4650元
那麼每個人4500圓
不敢要求對方支付零頭

仔細搜尋網路，

終於取得優待券！

可是多半都沒有使用，

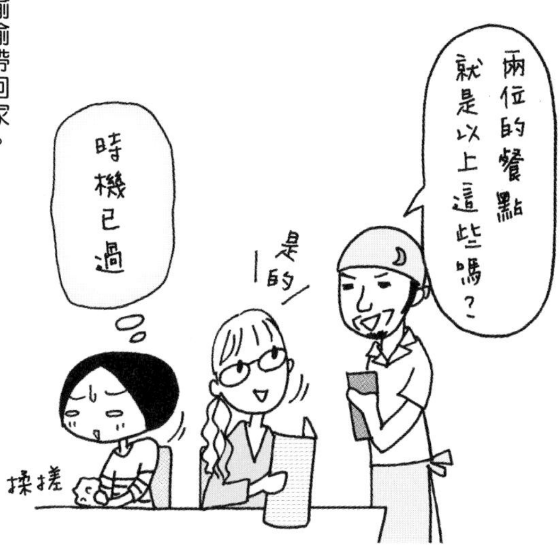
兩位的餐點
就是以上這些嗎？
是的
時機已過
揉搓

最後偷偷帶回家。

膽小鬼的裝模作樣格言

膽小鬼，
需要「再一步」的勇氣。

←

是故，不會忘記
保持一顆謙虛的心

episode 4

膽小鬼的暑假

好 行李整理完畢！
啊～真期待
暑假 耀眼的太陽 煙火 炙熱的戀情…
明天大家一起BBQ（健君也會去）
明天部分地區有雷雨…
山區請注意豪雨
雨！？
失落
天氣預報為、為什麼老是這麼殺風景！
啊啊完了
如果認為會下雨就真的會下雨
明天是「晴天」！亮晶晶的晴天！
顫抖
「如果認為會下雨，就會下雨。」
→鈴木家・母親的教誨
雖然沒有根據 但總是其準無比 因此一直謹記在心

沒問題 沒問題
明天會放晴！
好耀眼～
如此自我催眠
趕快睡吧 晚安～
提早上床
智子 要不要一起在這裡放煙火？
咦
真美—
霹靂啪啦
咻—
……可是
智子 更美喔……
不可能發生這麼老套的情節吧？
嘿嘿嘿
特地提早就寢
結果因為期待和興奮
反而引發無謂的妄想

——隔天
嗶嗶嗶嗶
喂
早~
我們快到了
妳到公寓前面
等吧~
好~
那我就
出門囉
其實早就
在玄關前待機
一行人分乘兩輛車子
前往烤肉地點
我搭健君開的車
啊
來了！
因為太開心
這裡~
整個人
嗨過頭
誰…?!
健君從
反方向來…
叭叭
幸好天氣
放晴了呢~
智子妳比較嬌小
坐前座吧？
友人運用
小學生換座位的理由
替我爭取福利

副駕駛座的優點
充分享受他的開車技術♡
尤其是單手倒車的姿勢真教人心蕩神馳！
出神—
終於等到啦
缺點
①看不懂地圖卻得負責指路令人心焦氣躁
接著是右轉嗎？
什麼右轉左轉我連現在是哪裡都不知道…！
MAP
②有選曲和溫控的壓力
就隨便選一張吧～
最困擾的點歌法
Mr.Children應該很安全吧？

抵達目的地
川
烤肉區
嗚哇—
外面好熱喔
夏天的陽光是女性的天敵！
我就想可能會遇到這種情況…
翻找
為了美白大業要做好萬全防備
主題「UV防曬是我命」
自我防衛裝
可是——
智子~
我們也剛剛到呢~
不妙
完全搞錯服裝方向性啦~！
一看見可愛的友人就感到極度後悔
自我推銷裝

那麼差不多該準備烤肉了吧
好～
最後還是脫了
戶外活動的工作分配非常重要希望透過自己的專長表現個人優點
那我來切肉囉——
需求能力
・巧手
・細心
我們去買零食和煙火——
需求能力
・選擇品味
・計畫性
THE 採購組
THE 切菜組
THE 升火組
THE 烤肉組
需求能力
・迅速
・調味能力
滋——
需求能力
・直覺
・集中力
超認真!
啪!啪!啪

那我也參加烤肉組…
偷偷摸摸
啊！可以到河邊幫我冰一下這個嗎？
咦…
預料之外的發展被指派低調的工作…
需求能力
・分辨可用的石頭
・石頭的擺放能力
利用石頭建造水壩
THE冰鎮組
再稍微補強一下水壩吧
雖然寂寞不過挺有趣的
滋——
乾～杯～

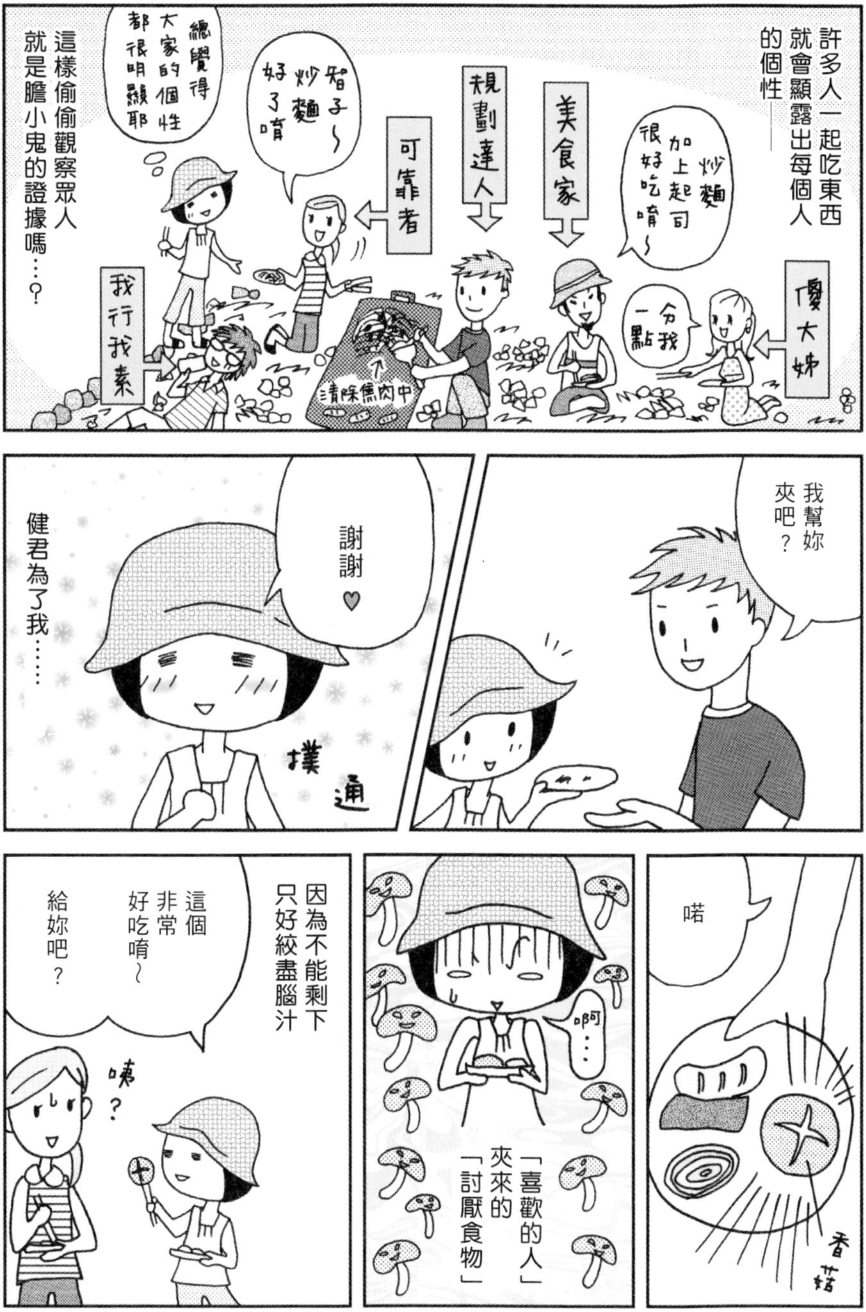
許多人一起吃東西就會顯露出每個人的個性——
炒麵加上起司很好吃唷~
美食家
傻大姊
分我一點
規劃達人
清除焦肉中
可靠者
智子~炒麵好了唷
總覺得大家的個性都很明顯耶
我行我素
這樣偷偷觀察眾人就是膽小鬼的證據嗎…？
我幫妳夾吧？
謝謝♥
健君為了我……
撲通
喏
香菇
啊…
「喜歡的人」夾來的「討厭食物」
因為不能剩下只好絞盡腦汁
這個非常好吃唷~
給妳吧？
咦？

然後太陽下山
夏日回憶
也進入最高潮
喏喏
要不要玩
仙女棒？
那當然就是
煙火！
好呀！
三個女生
一起點仙女棒…
健君
你在看嗎？
真是一幅可愛的景象（自我幻想）
知道嗎？
仙女棒的火
到最後
都沒掉下來的話
願望就會實現喔
咦
真的嗎──？
超認真
要跟健君情投意合！
絕對不能讓火
掉下來…！
抑制發抖雙々手
扶著
啊
咚
智子
真可惜～
悲劇①　輸給迷信
唉，算了
反正煙火
也只是
人工製品嘛
無所謂
我無所謂

喔！這個~好像不錯
煙火還是這種顯眼的好！
手槍型
借我火
啊
悲劇② 來不及借火
好不容易點著了
嗚哇 超樸素…
好漂亮！
悲劇③ 煙火虛有其表
閃亮
咻—
智子 借我火
呃 啊… 嗯！
咻——
智子要不要一起玩仙女棒？
火沒掉下來的話願望就會實現喔
咦… 真的嗎?!
「我知道！」不敢說
還是仙女棒漂亮~
內心期望這個快樂時光可以一直持續下去的某個夏日

膽小鬼想說
也不敢說的

裝模作樣 小惡魔語錄

所謂的小惡魔…
就是替膽小鬼誇大內心想法的
毒舌角色，是膽小鬼心裡的暴君。

道歉就能解決的話就不用警察啦
你自己做看看吧?
啥?
給我反省
隨便啦!
不用!
我不要
這種話要是說得出口就不必受苦啦
跟我無關

膽小鬼的迷你漫畫

episode 5

膽小鬼的假日

「今天要睡晚一點」
如此打定主意的早晨
RRRR
RRRR
RRRR
RRRR
電話……?
究竟要不要接聽
打擾睡眠的電話——
這事讓我非常煩惱
才10點而已
RRRR
RRRR
因為「不接」也不好
只好無可奈何地起床
RRRR
RRRR
或許是期待自己
「趕不上」
啊掛斷了
咔
不知不覺
就變成了慢動作……
緩慢
趕上了…
RRRRR

剛起床的時候聲音比較沙啞
嗚喂 偶是鈴木
智子—？
啊 加奈！
抱歉 妳在睡覺喔？
不~~沒有！
斬釘截鐵
對不起~把妳吵醒了
妳有在聽我說話嗎？被看穿了嗎…？
我告訴妳唷~
嗯
上次我呀—……
嗯 嗯
然後呢~他呀…
哦…
啊哈哈
朋友的話相當長
然後呀~
…嗯
嗚哇…
腦筋已經清醒了
哇嗚好刺眼
起床吧

起床後的行動模式
①立刻檢查郵件
0封新郵件
真沒人氣…
如果收到
令人開心的郵件
一早心情就很好
健君的信耶～♥
②不知為何檢查冰箱
唔～
期待新發現
但從來沒有
美味食物
自動增加的經驗（廢話）
找到忘了自己買過的零食
就很開心
發現
布丁！
喔耶～
今天
沒有要見
任何人…
東翻西找
完成
③換上心愛的居家服（邋遢裝）

膽小鬼的
假日服裝集
俐落
細肩帶型連身洋裝
衝動購買卻因為太露沒勇氣穿出門
炎夏居家服
還不錯的
輕鬆 Uniquo
T恤＋褲子
清晨&深夜去便利商店也OK。
站前約會裝
舊衣服隨性混搭。
密室
外出可
不想被任何人看見
沒遇到熟人的話還過得去…
破T恤＋休閒褲
鬆弛
寬大
便利商店裝
陳年牛仔褲
只換掉休閒褲。
全套休閒服
而且
頭髮睡到亂翹時用帽子來做造型
運動服
原本要買來慢跑如今淪為居家服。
晚上散步還可以穿…
邋遢

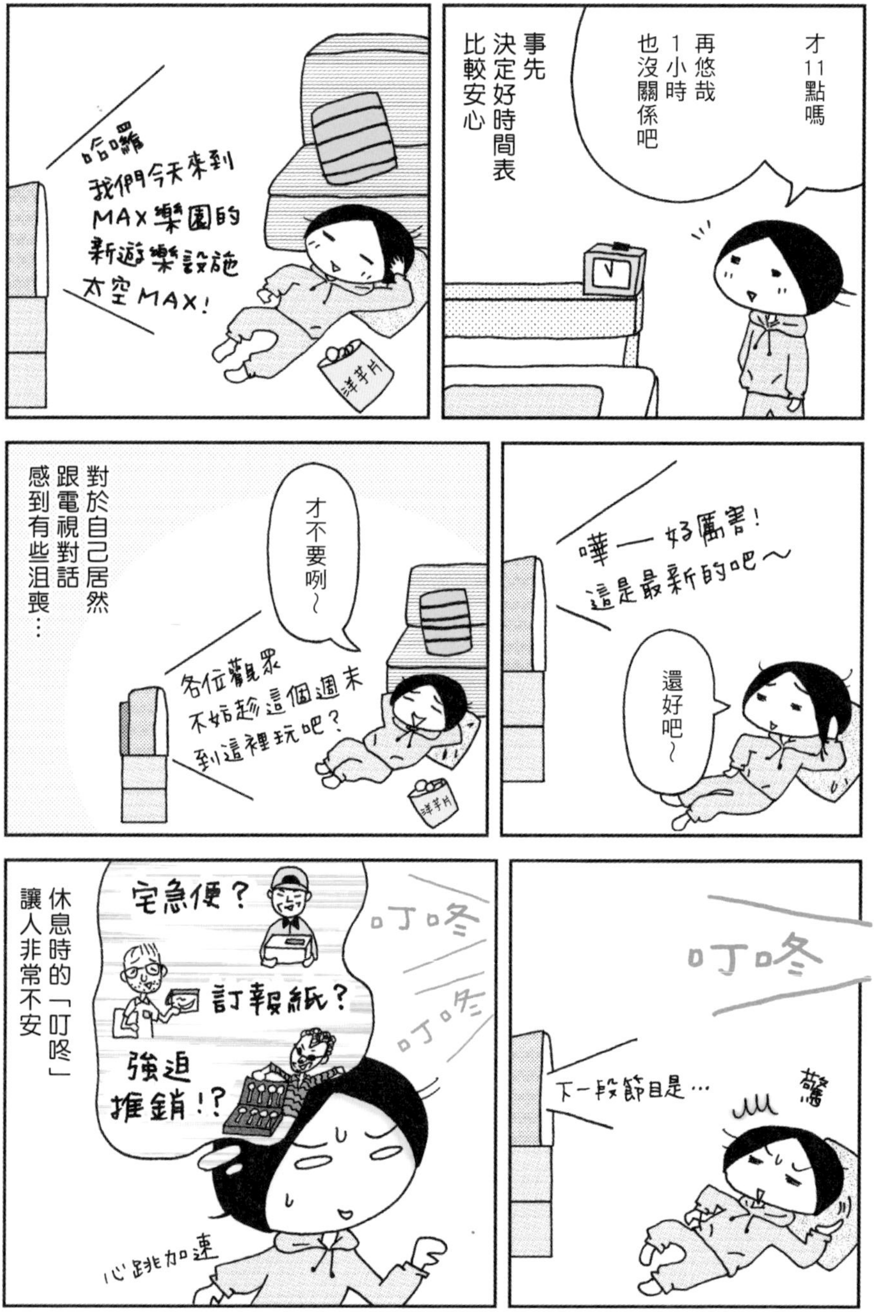
才11點嗎
再悠哉1小時也沒關係吧
事先決定好時間表比較安心
哈囉 我們今天來到MAX樂園的新遊樂設施太空MAX!
洋芋片
嘩— 好厲害! 這是最新的吧~
還好吧~
各位觀眾 不妨趁這個週末到這裡玩吧?
才不要咧~
對於自己居然跟電視對話感到有些沮喪…
洋芋片
叮咚
下一段節目是…
驚
叮咚
叮咚
宅急便?
訂報紙?
強迫推銷!?
休息時的「叮咚」讓人非常不安
心跳加速

小心翼翼地偷看
以免被對方發現
有點像推銷！
怎麼辦……
好可怕
而且穿這樣又很丟人
《膽小鬼機智問答！》
遇到這種情況該怎麼辦?!
《答案》
一、離開現場
悄悄
二、為防萬一確認穿著打扮
（啥萬一…？）
三、關掉電視聲音
嗶
嗶。
（太遲了…）
四、假裝不在家!!
……
30秒後——
呼
走了♡
終於鬆了一口氣

13:55
啊—
差不多
該起來了
13:57
這樣一直
躺著發呆
好像
懶惰蟲哪
13:59
至少
出門買個
東西吧…
說不定
信箱有信
好
起床吧！
咦
實錄
沉迷牛郎店的女子們
超級
紀錄片
為什麼決定
起來的瞬間
就出現這種
有趣的節目～?!
內心也因為找到
可以再悠哉一會兒的理由
感到有些開心
14:00
怎麼辦？
這樣下去
好像廢人一樣
10分鐘…
再看10分鐘
應該還好吧？
啊
對了

只要一邊看電視一邊做生產性的事情就好啦～
大包小包
拚命催眠自己一邊做事一邊看電視就是有效運用時間！
生產性的事情①
啞鈴體操
哈
哈
正在燃燒體脂肪的感覺！
想太多
生產性的事情②
減重柔軟操
就在此時！發生驚人之事…
發抖
完全沉迷於電視節目…
生產性的事情③
消除浮腫的姿勢
血液循環好像變好了
鬼扯
…姿勢越變越輕鬆
生產性的事情④
骨盤矯正姿勢？
全劇終
身體的扭曲要矯正好才行
單純在睡覺？

啊—
全部看完了
這樣下去不行
差不多該起來了
嗯~
15:00
怎麼辦咧~
天氣又好
在家太可惜
總之
出門逛逛吧~~
窸窸
窣窣
好
出門吧
這樣比較好

還是到戶外比較舒服啊
早知道就早一點出來了~
總覺得心情也煥然一新！
可是
雖然出門了其實也沒有什麼事情…
24OPEN
ilyMart
便當特賣
內有ATM
而且昨天也買過東西了~
新上市！
好吧
回家打掃一下房間好了
這次外出究竟是為了什麼…
順道一提信箱也沒信
唉！

打掃這件事
一旦開始做
就比想像中
來得快樂耶~
一開始
就待在家裡
打掃
說不定更好~
沒錯
16:00
房間變乾淨之後
心情也變好
而且又能
樂在其中
30分鐘後——
沉迷在回憶裡…
至於可以樂在其中的打掃
則早已中斷
垃圾袋
蘋果
畢業紀念冊

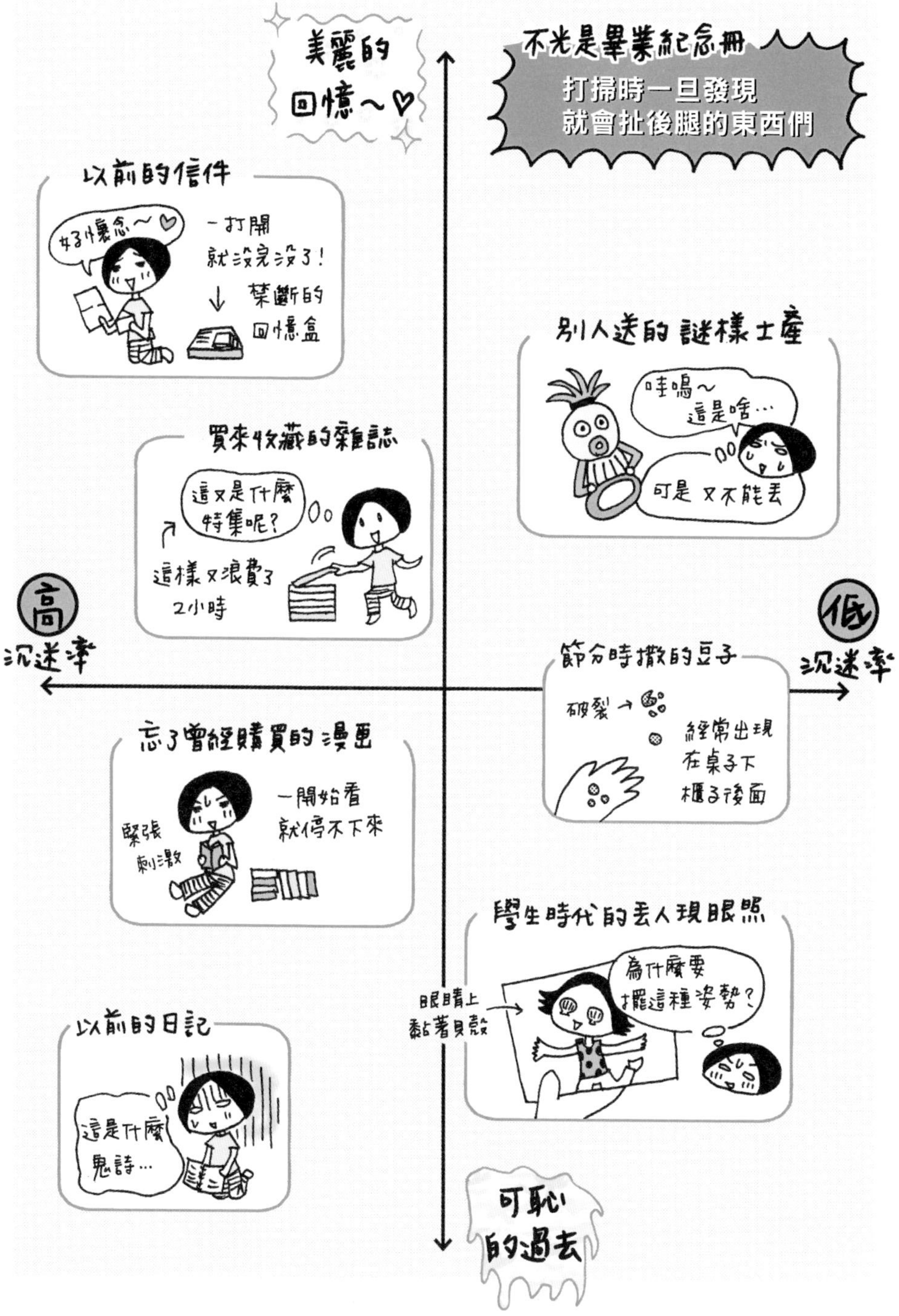
美麗的
回憶～♥
不光是畢業紀念冊
打掃時一旦發現
就會扯後腿的東西們
以前的信件
好懷念～♥
一打開
就沒完沒了！
禁斷的
回憶盒
別人送的謎樣土產
哇嗚～
這是啥…
可是又不能丟
買來收藏的雜誌
這又是什麼
特集呢？
這樣又浪費了
2小時
高
沉迷率
低
沉迷率
節分時撒的豆子
破裂→
經常出現
在桌子下
櫃子後面
忘了曾經購買的漫畫
一開始看
就停不下來
緊張
刺激
學生時代的丟人現眼照
為什麼要
擺這種姿勢？
眼睛上
黏著貝殼
以前的日記
這是什麼
鬼詩…
可恥
的過去

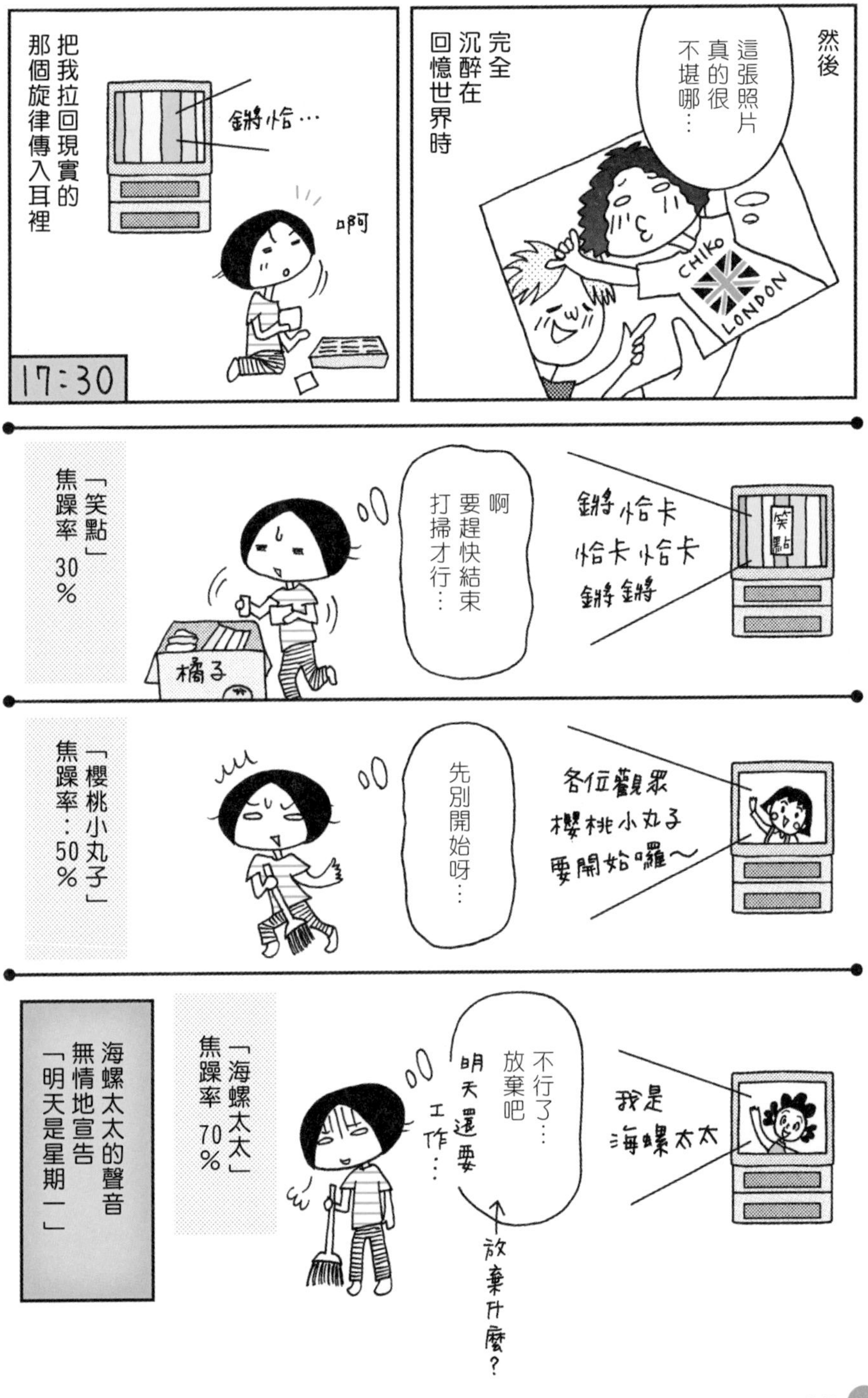
然後
這張照片真的很不堪哪…
CHIKO LONDON
完全沉醉在回憶世界時
鏘恰…
啊
把我拉回現實的那個旋律傳入耳裡
17:30
鏘恰卡
恰卡恰卡
鏘鏘
笑點
啊 要趕快結束打掃才行…
橘子
「笑點」焦躁率 30%
各位觀眾
櫻桃小丸子
要開始囉～
先別開始呀…
「櫻桃小丸子」焦躁率：50%
我是
海螺太太
不行了…放棄吧
明天還要工作…
放棄什麼？
「海螺太太」焦躁率 70%
海螺太太的聲音無情地宣告「明天是星期一」

有道是「只要有好的結尾一切都是好的」
所以就泡個澡把懶散的情緒轉換為舒暢的心情
啊~真清爽
暖呼呼
21:00
剩餘時間用來美化自我致力於「有好的結尾」
貼個妙鼻貼吧~
蜜妮
—10分鐘後
好應該可以了吧
殘留
咦?太快了嗎?!
唉算了接著是指甲油~
呼— 呼— 呼—
已經乾了吧?
摸一下確認…
輕輕
哇——沾到指紋了!
整天懶散的日子結束終究也脫離不了懶散
24:00

收看談話節目時，

一出現結結巴巴的來賓，

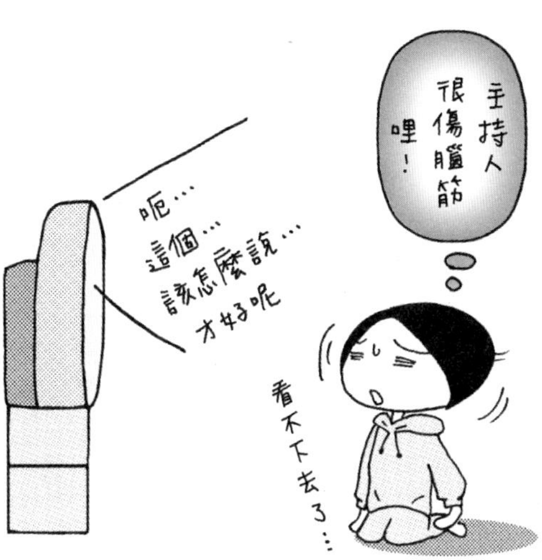
主持人很傷腦筋哩！
呃…這個…該怎麼說…才好呢
看不下去了…

連自己也跟著緊張起來。

膽小鬼的裝模作樣格言

膽小鬼，容易受到負面情緒影響。

是故，←

可以體察他人的心情！

episode 6

膽小鬼的網路冒險

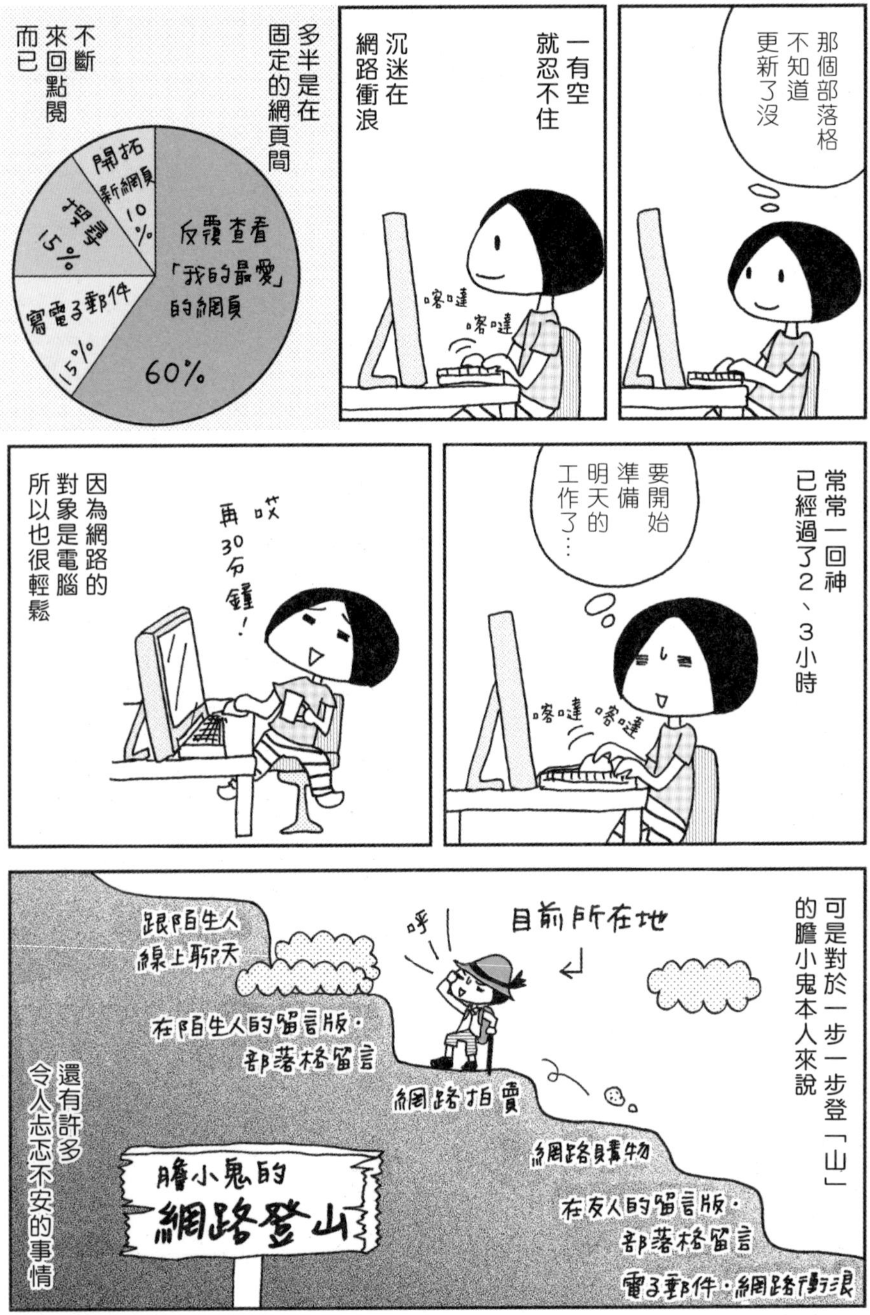
那個部落格不知道更新了沒
一有空就忍不住沉迷在網路衝浪
喀噠
喀噠
多半是在固定的網頁間不斷來回點閱而已
反覆查看「我的最愛」的網頁
60%
寫電子郵件
15%
搜尋
15%
開拓新網頁
10%
常常一回神已經過了2、3小時
要開始準備明天的工作了…
喀噠
喀噠
因為網路的對象是電腦所以也很輕鬆
哎
再30分鐘!
可是對於一步一步登「山」的膽小鬼本人來說
目前所在地
呼
跟陌生人線上聊天
在陌生人的留言版·部落格留言
網路拍賣
網路購物
在友人的留言版·部落格留言
電子郵件·網路衝浪
膽小鬼的網路登山
還有許多令人忐忑不安的事情

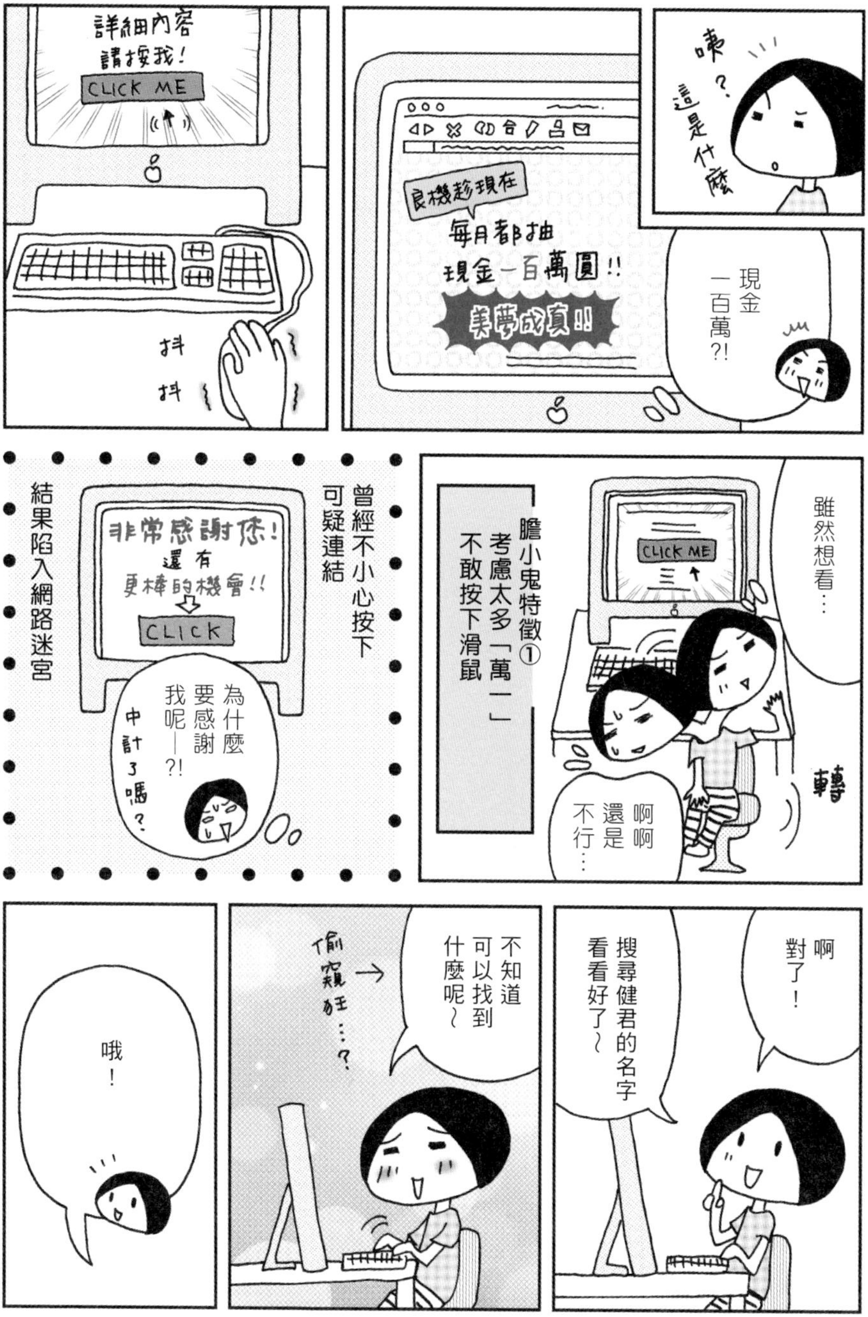
咦？
這是什麼
現金一百萬?!
良機趁現在
每月都抽
現金一百萬圓!!
美夢成真!!
詳細內容
請按我！
CLICK ME
抖
抖
雖然想看…
CLICK ME
轉
啊啊還是不行…
膽小鬼特徵①
考慮太多「萬一」
不敢按下滑鼠
曾經不小心按下
可疑連結
非常感謝您！
還有
更棒的機會!!
CLICK
為什麼要感謝我呢—?!
中計了嗎？
結果陷入網路迷宮
啊對了！
搜尋健君的名字看看好了～
不知道可以找到什麼呢～
偷窺狂…？
哦！

膽小鬼特徵②
逛到可疑網頁
就會心慌意亂
歡・迎・光・臨!!
Ken的小房間
ENTER
0052
誰啊?
★Profile★
大家好(笑)Ken是個害羞又開朗的29歲。
想更瞭解Ken的人
Ken的100問答
LINK
Ken的朋友
・愛美的祕密日記
・田中的ROOM
交換連結募集中!!
不過
還是看得很認真
出神——
祕密日記…
是什麼呢?
LINK
Ken的朋友
・愛美的祕密
愛美的祕密日記
喀噠
膽小鬼特徵③
連結失效時
就忍不住替對方擔心
404 Not Found
Forbidden
愛美小姐
發生什麼意外
了嗎…
真的是祕密?
哎
算了
看看其他
網頁好了
膽小鬼特徵④
不斷跳出視窗時
就會驚慌失措
嗚哇
這是啥?
陷阱?!

智子筆記
下面這類網頁很傷腦筋！
入口找不到
NEWS
welcome
CLICK
請踩這裡唷
IN
OPEN
繼續閱讀
YES
ENTER
要⋯要從哪裡進去？
目錄落落長
index
關於我 PART I
關於我 PART II
PROFILE
NOTE
我的低語♥
MEMO
訪客留言
LOVE ♥♥
blog
生活 Journal
BBS
哪個是日記？
DIARY
MY FAVORITE
眼睛好痛
文字太小看不清楚
by 弘司
今天⋯
by 弘司
by 弘司
⋯日記？
留言版的留言全是同一個人

音樂轟然響起
welcome
鏘鏘鏘
!
背景太花看不見文字
網頁更新
NEWS!
訪客人數統計
看得眼花撩亂…
每按必當機
ENTER
明知結果總忍不住要按
又當機了…
迷路（而且回不去）
返回
森林呢喃第8章
這裡是哪裡…？
〈附錄〉
膽小鬼的恐怖網路用語BEST 3
傳統派
第一名 crash!
想像圖
碰咚
第二名 virus!
咿嘿嘿嘿
第三名 freeze!
僵硬
發抖

啊 有新郵件！
而且有2封♥
一收到新郵件 就覺得很開心
1封是朋友寄來
智子
最近好嗎？上次我跟妳說的那個男朋友好像還是不行…
可是，我還是很喜歡他。
該怎麼辦呢？
美紀寄來的
傾訴愛情煩惱的信！
興匆匆地回信
美紀
妳現在一定很苦惱，不過一定沒問題的，稍微等一下吧？別急唷！我們下次再好好聊。
智子
喀噠 喀噠
可是——
謝謝。但，我已經不知如何是好了。我們已經沒救了嗎？
哦 回信了？
還真快耶…
美紀 不要擔心啦！我會支持妳的，加油!!!
這樣就好了
不知何時是停筆時機！
咦 又來了！
應該要再回信嗎？
另一封是英文
RE:HELLO
The message contains Unicode characters and has been sent as a binary attachment.
沮～喪～
夾帶詭異的附加檔案 100%是病毒信…

沒有新郵件的時候，

總覺得有些失落。

抱持微小的期待，

頻繁地檢查收信匣。

膽小鬼的裝模作樣格言

膽小鬼，
一旦動心，
就停不下來
←
是故，
可以堅持到最後！

episode 7

膽小鬼到時尚區購物

手錶？
錢包？
轟隆
咔嗒
還是衣服比較好嗎
毛衣之類的應該很適合~
嘿嘿嘿
健君的生日快到了
11月
S M T W T F S
搜集許多資訊
relax
MEN'S
VOMC
男性時尚雜誌
決定今天去買禮物
東京人氣時尚店家
青山
那間店
那間店
那間店
都要去看看♡
為了心上人
不怕苦不怕難

今天的目的地是青山
表參道
青山有我喜歡的生活雜貨鋪
也有常常光顧的美容院
比起新宿、
相機
賣!!
價
左轉
工藝
家具
PC
相機
音響
手錶
池袋、
池袋站 東口
IKEBUKURO Station
有一股獨特的時尚氛圍
讓人心靈悸動
撲通撲通

首先是第一間
Shop
就是這裡！
B-COOL Shop....
忐忑不安
……
歡迎光臨—
一個女生到男性服飾店是不是很奇怪？
心跳加速
在哪裡呢…好看的衣服…
要速戰速決才行…
哦！
這件挺不錯的

這個顏色一定很適合健君
嗯嗯
跟我的毛衣也很搭~♡
對我來說挑選禮物＝妄想時間
可是我們又還沒交往送衣服會不會太沉重了…
妄想劇場
給你
謝謝
哇嗚~超感
價錢也不便宜…別買這麼貴的或許比較安全
¥23,000
翻
送人的嗎？
咦？呃不是
該走了…
…？
對、對不起

現在送衣服或者飾品還是太早了…應該選禮輕情意重的東西
巧克力店嗎？
du chocolat
chocolat
巧克力的話價格不貴又沒那麼刻意或許不錯～♥
多少錢呢？
一盒1600圓…
1600
那…就這個…咦？
1顆1600圓！
松露一顆 ¥1600
THE庶民！
16片
我喜歡的巧克力可以買16片！
算3…
不愧是時尚區…
轉身
用日常商品換算的小市民在下敝人我…

送什麼好呢
稍微休息一下仔細思考吧
啊那間咖啡館好像不錯♥
Café Paris
呃—入口在…
經過露天咖啡館門口時總是很緊張
慌
40分
那個真老土耶
妄想海浪
他們在看我嗎?!
覺得大家都在評鑑我的穿著!!

這些地方很可怕！
時髦咖啡館
歡迎光臨
請隨便坐
①不知如何選座位
就算要我隨便坐…
東張西望
②菜單內容太艱深
「Vin Chaud」？
「Cafe Calva」？
到底是什麼…？
呃…Cafe Calva
↑純粹依單字的帥氣度選擇
好的
③不清楚點餐&結帳的方法
一共是700圓
現在付嗎？！
東張西望
呃這邊嗎～
④老是找不到廁所在哪裡
STAFF ONLY
走錯了！

恐怖情況

被熟客包圍！

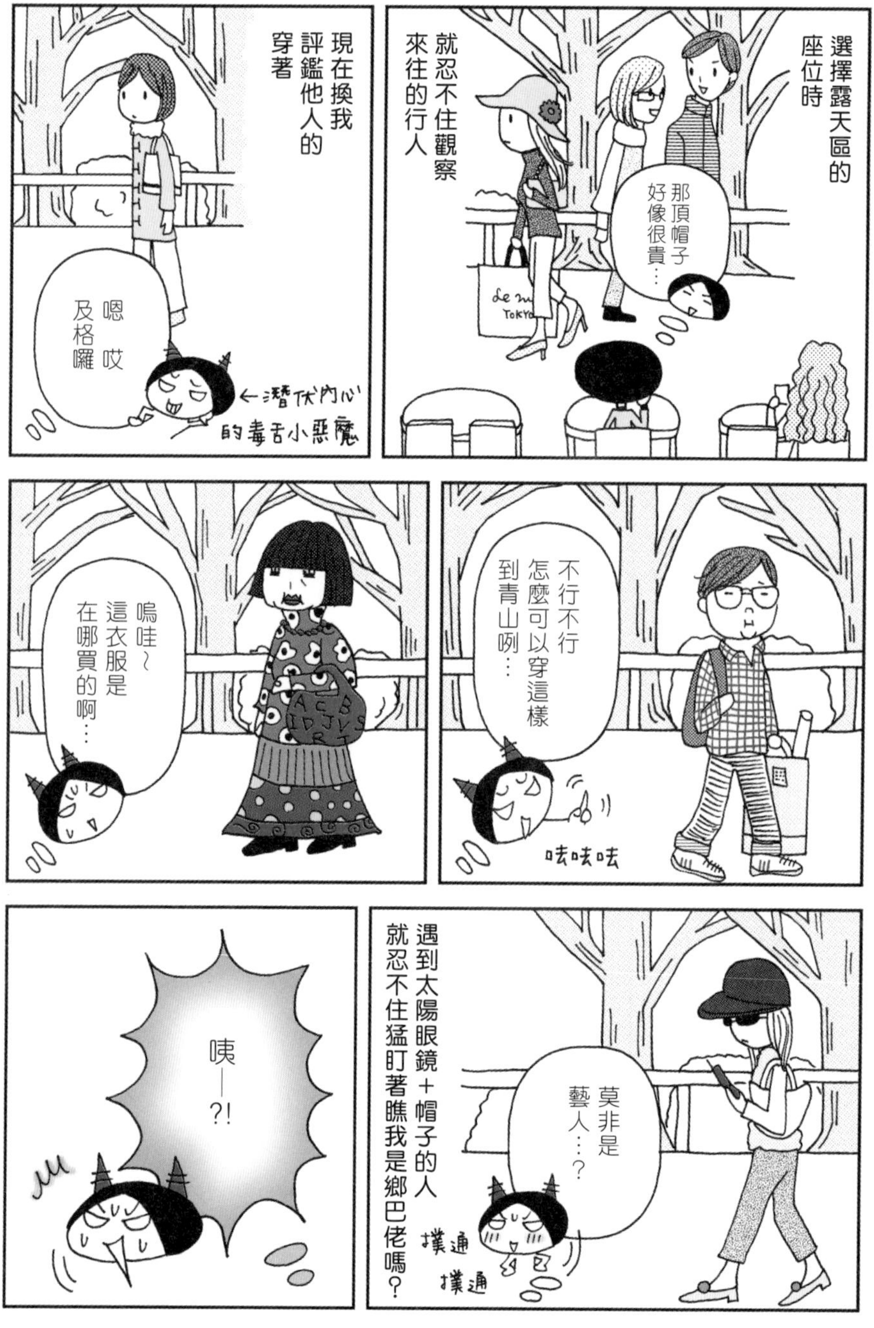
選擇露天區的座位時
就忍不住觀察來往的行人
那頂帽子好像很貴…
現在換我評鑑他人的穿著
嗯　哎 及格囉
←潛伏內心的毒舌小惡魔
不行不行 怎麼可以穿這樣 到青山咧…
呿呿呿
嗚哇～ 這衣服是 在哪買的啊…
遇到太陽眼鏡＋帽子的人 就忍不住猛盯著瞧我是鄉巴佬嗎？
莫非是 藝人…？
撲通 撲通
咦—?!

跟我穿一樣的衣服~！
而且穿起來
明顯比我好看！
小惡魔慘敗
取下
我不該自以為是
對不起…
接著進入正題——
啊~
應該
送健君
什麼禮物呢
翻
從雜誌上剪下來的
嗯~
青山
衣服
手製品
KEN LOVE
昂貴精品
會造成收禮者的負擔，所以不行
食物
BATH SOAP
消耗品
會消失的東西
自我推銷的力量比較弱嗎…
唔嗯~
能夠適度自我推銷
又不會造成
對方負擔的東西~

咦?
喏 那個演員叫什麼名字來著
《電車男》裡演愛瑪仕小姐的弟弟~很帥的那個~
一個人的時候總忍不住偷聽旁人對話
可是——
叫什麼呢叫什麼呢
著急
速水貓虎…啊~就差一個字啦!
呃~
貓虎到…不可能是這個吧~
完全忘得一乾二淨了呢~
啊哈哈
哈哈哈
速水茂虎道啦!!
非常想告訴她們→
對於不能參與對話感到萬分焦慮!

啊
在雜誌上看過
北歐製的
馬克杯！
那個
應該不錯
溫暖心靈的
馬克杯
電車男
愛瑪仕的
杯子
愛瑪仕
太貴
再便宜
一點的
杯子…
30,000-
…就是這種
一個人的聯想遊戲
而且又符合
我所想的
「單戀對象的
送禮重點」…
送禮重點
• 不造成困擾
• 適度自我推銷♥
• 時髦
筆記
謝謝！
用這個杯子
一起喝咖啡吧！
不可能的
發展
這個
應該不錯！
讚
嘿嘿嘿
裝模作樣模擬中

立刻前往店家
就是這個！
Swedish Style
北歐風格果然看起來很棒～♡
※擋不住的3大用語
・北歐
・設計師款
・限定
價格也剛剛好
¥3150
就買這個吧～幸好找到合適的～
不好意思我想買這個要送人的
咚
啊好的謝謝您

窸窣
感謝您再度光臨本店
那個錢包也是本店的商品吧
微笑
對方應該是出於善意的詢問但我對這種對話非常棘手
嚇
呃……
啊……
不……
東張
西望
我用很久了變得有點破……對不起
因為事發突然脫口說出自嘲&道歉的話語
您這麼喜愛本店的商品真教人開心~
敝姓高木
請您務必再度光臨♡
謝謝惠顧!
THE 名片攻擊
好的……
暫時不能去了……
嘴裡這麼說
可是一旦被店員記住長相就不敢再上門購物…

把禮物交給對方的時候，

為了表現得若無其事，

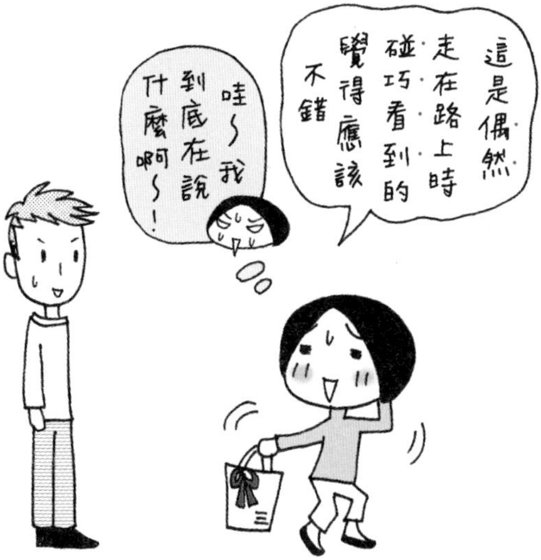
這是偶然．走在路上時．碰巧看到的．覺得應該不錯
哇～我到底在說什麼啊～！

就不斷強調不必說的事情。

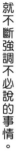

膽小鬼的裝模作樣格言

膽小鬼，對自我主張很謹慎。

是故，可以站在對方的立場！

episode 8

膽小鬼去主題樂園

喂～
妳們知道
MAX樂園的
太空MAX嗎？
嗯
知道呀
在電視上
看過之後
就一直
很想去呢～
我朋友
上次去玩
聽說非常
好玩耶!!
下次三個人
一起去吧？
耶～～
好～呀～
走啊
走！
當時越講越興奮
就決定向公司請假
趁平日一起去
人氣主題樂園玩
也可以當
約會的事前勘察
又沒人約→…
MAX
樂園
完全攻略
手冊！
先玩太空MAX～再玩水花MAX
和亞馬遜遊河
然後玩MAX之旅～欣賞大遊行～還要吃限定的
MAX漢堡！
=3
幹勁十足
預習隊長！

當天——
要先玩什麼～？
我覺得太空MAX或加勒比MAX都不錯…
智子覺得呢？
呃…唔
太空MAX是最熱門的不玩太可惜可是聽說最可怕…
嗯～
根據網路資訊太空MAX傍晚的時候人比較少喔
這裡距離加勒比MAX比較近先玩那個吧
不愧是智子～就這麼決定！
膽小鬼的主題樂園常見情況①
總之先跳過尖叫型遊樂設施

嗚哇～
好多人喔～
好像要排45分鐘！
加勒比 MAX
由此起 45 mins
虧我們請假來玩居然還這麼多人～
②看見大排長龍的人潮就會忘記自己也是其中之一忍不住開始批評他人
大家都是做什麼工作的呢～
是從哪裡來的啊？
沒別的事可做嗎～
還真悠閒～
喂 好像是兩人座的位子要不要猜拳決定？
好啊
剪刀石頭布！

③
明明和朋友一起來
卻是一個人
或跟陌生人一起坐
沒辦法盡興地玩
尤其是夢幻型遊樂設施
一個人分外寂寞
加勒比MAX真好玩～
對呀！還好有排隊
接下來要玩什麼？
可以先去看一下紀念品嗎？
MAP
MAX BAZAR
從以前就一直很嚮往
至今還是不敢買的紀念品第一名
一定會被嘲笑吧
有點羨慕那些戴得坦蕩蕩的人…

不知所措in主題樂園①

啊
MAX在那裡耶~
MAX鼠也在~♡
一起拍張照片吧♡
雖然心裡這麼想
可是沒勇氣
擠開前面到人群
Buon Giorno！
這誰啊…
只能跟不明卡通人物
拍紀念照
至於
受歡迎的
卡通人物
就只有遠景照！

不知所措in主題樂園②

那麼差不多可以去玩太空MAX了吧～？
耶！
耶…
好期待唷！會很恐怖嗎？
不會啦——
心跳加速
討厭啦～早知道就不坐這個了～
抱歉 抱歉
太空MAX
EXIT
極速
哇——
這是最大賣點不玩就虧大了
用得失計算拚命鼓勵自己
呃
特地去確認搭乘規定
WARNING!
以下遊客不可搭乘
1、身高未滿110cm者
2、酒醉者。
3、孕婦
4、有心臟疾病者。
太空MAX
110 cm
對自己長得太高感到懊惱
149cm
看著一起排隊的小朋友
還沒嗎？
力圖振作

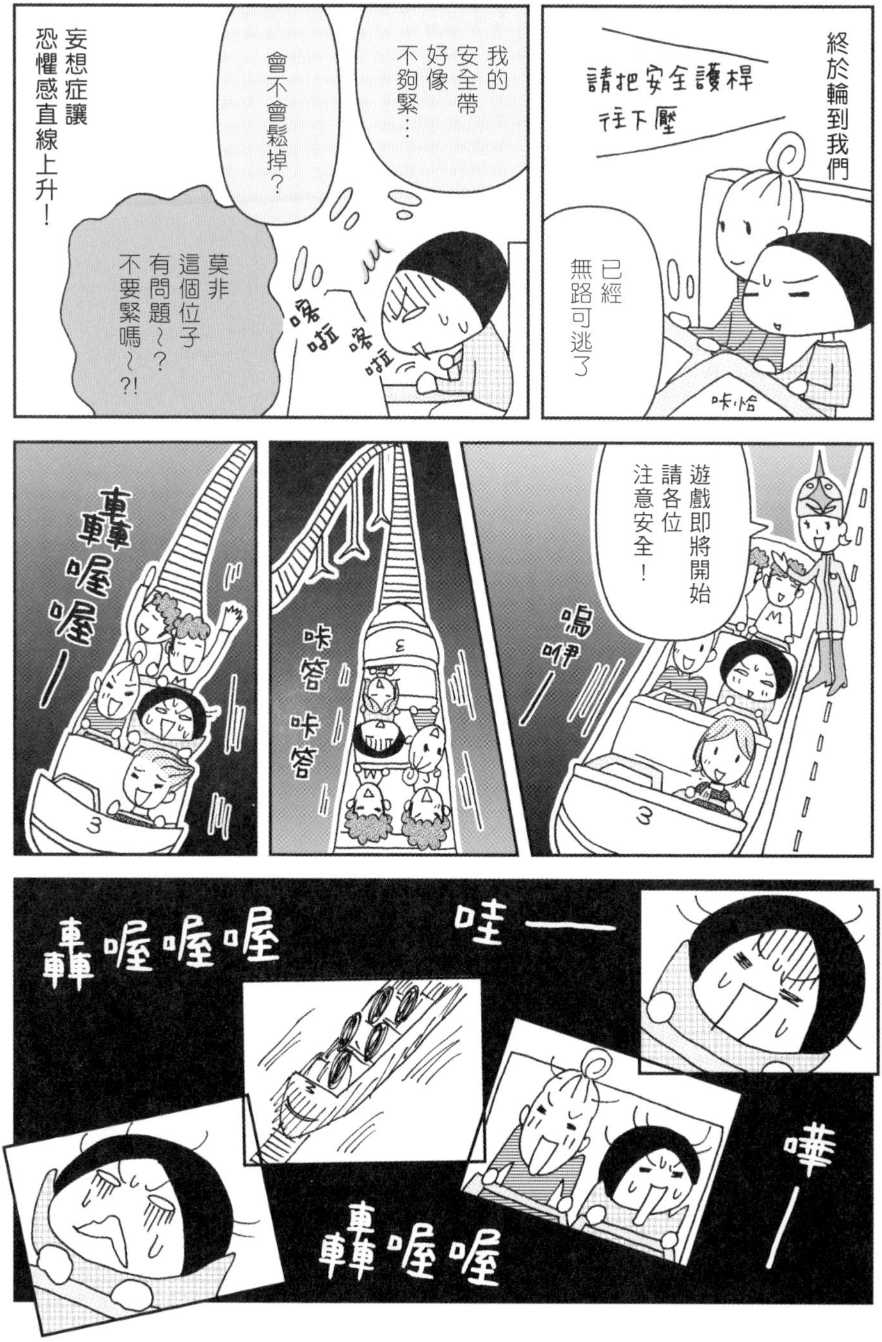
終於輪到我們
請把安全護桿往下壓
已經無路可逃了
咔恰
我的安全帶好像不夠緊…
會不會鬆掉？
喀啦
喀啦
莫非這個位子有問題～？不要緊嗎～？！
妄想症讓恐懼感直線上升！
遊戲即將開始請各位注意安全！
嗚咿—
咔答咔答
轟喔喔—
轟喔喔喔
哇——
嘩—
轟喔喔

虛弱無力
離開時請小心您的腳步
EXIT
3
哎 也沒傳說中那麼可怕嘛 總覺得玩得不是很過癮哪~
我好棒！
想不到智子這麼強耶！
結束後告別膽小鬼氛圍大爆發
說大話的人忍不住
不是有一次急速下降嗎~我那時真的怕到不行~
因為奈央膽子比較小嘛——不過就連我都有點害怕呢
老實說出感想的人
啊！有照片喔
SPACE M
PHOTO
對不起我說謊了

啊~今天真快樂~
Photo MAX耶！要不要拍紀念照？
Photo MAX
大家一起扮鬼臉吧
好呀！做個猙獰的表情—
要拍囉—
「鬼臉」啊~扮什麼好哩
Photo MAX
對自己太認真感到非常後悔
咔嚓

MAX樂園站
MAX LAND
MAX
咻
看見穿西裝準備下班回家的人
MAX LAND
就忍不住悄悄立誓「上班偷跑去玩非常抱歉」「明天起我一定努力工作」
MAX LAND
MAX LAND

後記

「因為我是膽小鬼……」

我每次這麼說，許多人就會訝異地應道：「嗄！完全看不出來耶～～」不過，《裝模作樣膽小鬼》第一集出版之後，對我說「妳給人的感覺，就完全是個膽小鬼呢」的人也增加了

對此開心好像也很奇怪，可是一想到讀者多少感受到我當時想描述、想傳達的內容，還是覺得非常欣慰。

我收到許多來自讀者們的感想。「我也是膽小鬼一族！」「有九成跟我很像，一看就入迷了。」「簡直就像在看自己一樣。」另外，特別令我高興的是，很多讀者說：「看完之後，發現膽小鬼也很快樂，讓我重新振作起來。」

沒錯！膽小鬼是很快樂的！「膽小鬼」一詞或許給人負面印象，但只要改變觀察角度，就能發現許多愉快的事情。每種性格都有優點和缺點，所以，一定也有很多專屬於膽小鬼的「優點」。

老喜歡把平凡生活搞成一場大冒險的膽小鬼，正因為如此，才能有超乎想像的許多新發現，每天都過得非常刺激。本書的「裝模作樣格言」，正是我的真

心話。

第二集能夠出版，我打從心底覺得幸福。第一集上市時，我每天都到書店，一看見站著閱讀的人，就傳送「請買回家看吧」的視線（↓多事），看到放下書本無言離去的人，就暗自沮喪，自行在書店上演快樂悲傷的劇碼（↓可疑）。

如果第二集也能像第一集一樣，無論是不是裝模作樣膽小鬼，看了都能會心一笑的話，我打從心底感到開心。如果因此讓人覺得「膽小鬼也很不錯」的話，那我就覺得非常幸福。

希望今後也能以「裝模作樣膽小鬼」的身分，將日常生活裡感受到的「零碎心情」，以各種不同形式畫出來。最後，真的非常感謝您看到這裡（該不會第二集沒有半個讀者吧……）

鈴木智子

附錄
如果換成「裝模作樣小惡魔」的話…
啊！這個！旅遊指南裡有寫喔
又健康又美味對吧?!
……
味道40分 宣傳效果40分 合計80分的感覺吧？
炸起司
…
4人3個…
請再送我們1個！
嗚喂 偶是鈴木
智子──？
啊 加奈！
抱歉 妳在睡覺喔？
嗯 所以我再多睡一會兒囉~
斬釘截鐵
嗶

那我也參加烤肉組…
嘿嘿嘿
啊！可以到河邊幫我冰一下這個嗎？
……
小惡魔也拒絕不了健君
知道嗎？仙女棒的火到最後都沒掉下來的話願望就會實現喔
咦
真的嗎——？
亮
借一下火
超妨礙
哎呀打噴嚏了
哈啾
滋
滋
這裡是魔法國度不許挑三揀四給我認真玩!!
我絕對沒辦法做那種工作太丟臉了
那隻鱷魚看起來好假喔
哈哈
世界因為有膽小鬼而更和平

Titan 067

裝模作樣
膽小鬼 ②

鈴木智子◎圖文
常純敏◎譯
許匡匡◎手寫字

出版者：大田出版有限公司
台北市106羅斯福路二段95號4樓之3
E-mail：titan3@ms22.hinet.net　http：//www.titan3.com.tw
編輯部專線：（02）23696315　傳真：（02）23691275
【如果您對本書或本出版公司有任何意見，歡迎來電】
行政院新聞局版台業字第397號
法律顧問：甘龍強律師

總編輯：莊培園
主編：蔡鳳儀
編輯：蔡曉玲
行銷企劃：蔡雨蓁
網路行銷：陳詩韻
校對：謝惠鈴／蔡曉玲

承製：知己圖書(股)公司 電話：(04)23581803
初版：二〇一〇年（民99）七月三十日　定價：220元
總經銷：知己圖書股份有限公司　郵政劃撥：15060393
（台北公司）台北市106羅斯福路二段95號4樓之3
電　話：（02）23672044/23672047　傳真：（02）23635741
（台中公司）台中市407工業30路1號
電　話：（04）23595819　傳真：（04）23595493
國際書碼：978-986-179-181-4　CIP：861.57/99009807